Sylvia Heinlein

Einfach zauberhaft, Prinzessin!

Sylvia Heinlein

Einfach zauberhaft, Prinzessin!

Mit Zeichnungen von
Christiane Hansen

Alles Liebe,
Sylvia Heinlein

In neuer Rechtschreibung

1. Auflage 2004

Einband und Innenillustrationen: Christiane Hansen
Gesamtherstellung: westermann druck Braunschweig GmbH
ISBN 3-401-05615-8

Inhalt

Auf dem Dachboden	7
Prinzessin Anna	13
Im Waschhaus	22
Schlimme Geschichten	30
Michel	36
Sorgenvolle Stunden	48
Das Fest	56
Zitas Plan	64
Die Ausreißerinnen	69
Bei den Gauklern	80
Im dunklen Schloss	90
Nach Hause	103

Auf dem Dachboden

Zita war muffelig. Sie saß in ihrem Zimmer und muffelte, was sie nur konnte. Wie gerne wäre sie jetzt im Freibad. Wie furchtbar gerne würde sie jetzt vom Dreier springen und sich dabei in der Luft drehen und dann – klatsch! – ins kühle Wasser eintauchen. Aber das ging nicht. Denn im Freibad waren die Mädchen aus Zitas Klasse. Und wenn die da waren, wollte Zita ganz bestimmt nicht da sein.

Zita war neu in ihrer Schule. Grade vor einer Woche erst war sie mit ihren Eltern hierher gezogen. Ganz ans andere Ende der Stadt. Ihr neues Haus war wunderbar. Es war alt und gemütlich und Zita hatte ein richtig großes Zimmer bekommen. Aber etwas anderes war überhaupt nicht wunderbar. Das war Zitas neue Klasse. Die Mädchen da waren alle so anders, fand Zita.

Zita mochte wilde Spiele. Sie stellte sich gerne vor, dass sie im Wilden Westen lebte und über die Prärie ritt und den Armen und Schwachen half. Oder dass sie als Matrosin um die Welt fuhr. Solche Sachen hatte sie auch mit ihren alten Freundinnen am liebsten gespielt. Sie hatten sogar einen geheimen »Heldinnen-Club« gegründet und suchten stets nach Abenteuern. Die Mädchen in Zitas neuer Klasse waren höchstens auf der Suche nach ihren Haarspangen. Keine von ihnen tobte gerne und ständig redeten sie nur darüber, was ihre Barbiepuppen anziehen sollten.

Am schlimmsten fand Zita, wenn die Mädchen auf dem Schulhof ihre Köpfe zusammensteckten: tuschel, tuschel, kicher, kicher. Bestimmt lästern die über mich, dachte Zita dann immer und bekam ein ganz scheußliches Gefühl im Bauch. Nee, wirklich, das musste sie nicht auch noch im Freibad haben. Außerdem hatte ja auch niemand gefragt, ob sie mitkommen wollte.

Pah!, dachte Zita, macht mir doch nichts aus. Ich hab sowieso keine Lust, schwimmen zu gehen. Wenn die mich doof finden, sind sie selber doof. Und so blieb sie an diesem wundervoll heißen Tag zu Hause in ihrem Zimmer und muffelte. Es war allerdings langweilig, so allein vor sich hin zu muffeln.

Deshalb beschloss Zita den Dachboden zu erforschen. Sie war schon einmal oben gewesen und hatte es wunderbar geheimnisvoll gefunden. Sie stieg die schmale Treppe zum Dachboden hoch und öffnete die knarrende Tür. Es war schön hier. Wie ein Abenteuerland. Das Licht kam schummerig durch die verstaubten kleinen Dachfenster. Es war still und roch nach früher. Hier oben gab es viele Kisten und eine Menge alter Möbel. Die Sachen gehörten der alten Dame, die vorher hier gewohnt hatte. Sie war ins Altersheim gezogen.

Auf dem großen Sofa und den gemütlichen Sesseln konnte man hüpfen wie auf einem Trampolin. Das Beste war allerdings das Puppenhaus. Alles an ihm war perfekt: Auf den Betten lagen winzige Kissen und kuschelige Bettdecken. Der Tisch war mit klitzekleinem Geschirr gedeckt und im Ofen stand sogar ein Kuchen.

Zita fing an die kleinen Möbel im Wohnzimmer ein bisschen umzustellen. Sie rückte das Sofa in die Ecke und den Esstisch mit den Stühlen vors Fenster. Dann wollte sie den Schrank verschieben. Aber irgendwie hatte er sich verklemmt. Zita rüttelte und zog an ihm – bis sie ihn plötzlich in der Hand hielt. Und da sah sie das Bild.

An der Wand, wo der Schrank gestanden hatte, hing ein winziges Gemälde. Als Zita es abnahm, um es sich anzusehen, kribbelte es in ihrer Hand. Sie zuckte zusammen und

ließ das Bild fallen. Was war das nur für ein eigenartiges Gefühl gewesen? Vorsichtig hob sie das kleine Gemälde auf und spürte es wieder: ein seltsames Kribbeln in den Fingern.

Es war ein schönes Bild mit einem goldenen Rahmen. Ein richtiges kleines Kunstwerk. Es zeigte ein prächtiges Zimmer aus alten Zeiten. Mit verschnörkelten Sesseln, mächtigen Truhen und einem riesigen Himmelbett. An den Wänden hingen bunte Teppiche. In einem der Sessel saß ein Mädchen.

Zita beugte sich näher an das Bild heran, um das Mädchen besser sehen zu können. Es war eine Prinzessin, die da saß. Sie hatte lange, blonde Haare, trug ein kostbares Kleid mit vielen Rüschen und eine Krone auf dem Kopf. Zita kniff die Augen zusammen. Jetzt konnte sie das kleine Gesicht noch genauer betrachten. Die Prinzessin sah traurig aus.

Warum ist sie so traurig?, dachte Zita. Ob sie wohl eine Freundin hat?

Während Zita über die Prinzessin nachdachte, kam sie immer näher an das Bild heran – so nahe, dass sie mit ihrer Nase auf die kleine Prinzessin stupste. Im gleichen Moment begann der Dachboden um sie herumzukreiseln.

Erst langsam, dann immer schneller. Zita wurde schwindelig. Die Welt um sie herum wirbelte. So irrsinnig schnell, dass Zita sich irgendwann nicht mehr auf den Beinen halten konnte. Einen Augenblick lang drehte sie sich im Nirgendwo – dann landete sie mit einem ordentlichen Rums auf dem Hintern.

Prinzessin Anna

Zita saß auf dem Boden, rieb sich ihr Hinterteil und stöhnte. Langsam öffnete sie die Augen . . . und schloss sie auf der Stelle wieder. Irgendetwas stimmte nicht. Wo war das Puppenhaus? Wo waren die schrägen Dachbodenwände? Wo war der ganze Dachboden geblieben?
Zita saß in einem prächtigen Zimmer – mit verschnörkelten Sesseln und mächtigen Truhen und bunten Teppichen an den Wänden und da drüben stand ein Himmelbett.
Alles um sie herum sah genau so aus wie auf dem winzigen Bild, das sie gerade betrachtet hatte.
Ich sitze in einem Bild, dachte Zita. Ich träume!
Sie rappelte sich vom Boden hoch und sah durch das Fenster hinaus auf einen Schlosshof. Die mächtigen Mauern waren über und über bewachsen mit kletternden Rosen. Es gab Zinnen und Türmchen mit goldenen Dächern und oben auf den Mauern marschierten Wachen umher. Sie

trugen Lanzen und bewachten mächtige Kanonen. Mit ihren Helmen, den Pluderhosen und den hohen Stulpenstiefeln sahen sie aus, als kämen sie aus einer längst vergangenen Zeit.

Auf dem Hof wimmelte es von Menschen. Die Damen trugen lange Kleider, deren Schleppen von Pagen getragen wurden. Neben den Damen stolzierten Herren in Kniehosen und weißen Strümpfen. Unter ihren kostbar verzierten Jacken blitzten lange Degen hervor.

Zwischen den feinen Damen und Herren tummelten sich Mägde und Knechte in einfachen Röcken und Hosen. Ihre nackten Füße steckten in Holzpantoffeln, die geschäftig auf dem Kopfsteinpflaster klapperten. Ein Mann zerrte ein quiekendes Schwein an einem Seil hinter sich her. Ein paar Knechte schleppten Körbe mit Obst und Gemüse, und eine Magd schöpfte Wasser aus einem Brunnen. Auf dem Brunnenrand saß ein dicker Frosch.

Ein netter Traum ist das, dachte Zita. Das sieht hier aus wie auf den Bildern aus meinem Märchenbuch.

Gerade sah sie staunend eine gläserne Kutsche auf den Hof rollen, da bekam sie einen Riesenschreck. Hinter Zita ächzte es. Hastig drehte sie sich um.

In einem großen Sessel saß ein dünnes, zartes Mädchen.

Auf ihren langen, blonden Haaren trug sie eine zierliche Krone.
Entsetzt starrten die beiden Mädchen sich an.
»Hinfort«, flüsterte die Prinzessin mit zittriger Stimme. »Hinfort, böser Geist!«
»Selber hinfort«, flüsterte Zita zurück.
Aber es gab kein Hinfort. Beide Mädchen blieben genau dort, wo sie waren. Zita zwickte sich in den Arm. Das machte sie immer, wenn sie aus einem Traum aufwachen wollte. In den Arm gezwickt und aufgewacht. Normalerweise funktionierte das. Diesmal jedoch nicht. Zita zwickte sich noch einmal.
Die Prinzessin sah sie mit großen Augen an. Zita zwinkerte. Dreimal genau. Papa hatte ihr mal erzählt, dass das bei ihm immer klappen würde. Bei Zita klappte es nicht.
Sie probierte es mit anderen Tricks. Sie zog sich an der Nase und an den Haaren, sie hopste auf der Stelle, sie versuchte alles, was man nur tun kann, wenn man aus einem dummen Traum aufwachen will.
Aber der Raum um sie herum blieb. Und die Prinzessin blieb auch. Ängstlich drückte sie sich in ihren Sessel und wisperte vor sich hin.
Zita hörte auf zu hopsen und lauschte.

»Auf-wa-chen«, flüsterte die Prinzessin. »Aufwachenaufwachenaufwachen.«
Zita machte einen Schritt auf die Prinzessin zu.
»Nein, nein, nein, nein!«, sagte die Prinzessin. Aber Zita ging weiter. Jetzt wollte sie es wissen. Sie wollte die Prinzessin anfassen, um herauszufinden, ob sie tatsächlich Wirklichkeit war.
»Neiiiiiin!«, schrie die Prinzessin, als Zita den Arm nach ihr

ausstreckte. Mit einem Satz sprang sie vom Sessel auf und schubste Zita.
Nun wurde Zita wütend. Traum hin, Traum her, sie ließ sich doch nicht einfach schubsen!
Ärgerlich schubste sie zurück. Die Prinzessin blitzte sie zornig an. »Geh fort«, rief sie. »Geh fort, du dummer Traum!«
»Ich bin kein Traum!«, sagte Zita heftig. »Ich bin echt. *Du* bist der dumme Traum!«
»Bin ich nicht!«, erwiderte die Prinzessin energisch. »Ich bin aus Fleisch und Blut. Du hast mich berührt – wäre ich ein Traum, hätte ich mich in nichts aufgelöst!«
Zita überlegte.
Die Prinzessin sah ihr dabei zu. »Wir sind beide Wirklichkeit«, sagte sie schließlich. »Obgleich du höchst eigenartig aussiehst. Wer bist du?«
Zita blickte an sich herunter. Eigenartig? Sie sah doch nicht eigenartig aus. Sie hatte ihre Jeans an und ihren Lieblingskapuzenpullover und ihre neuen Turnschuhe.
»Ich bin Zita«, antwortete sie.
»Sehr erfreut«, sagte die Prinzessin. »Ich bin Anna, Prinzessin vom Kleinen Reich. Und nun verrate mir – bist du vom Himmel gefallen?«

Zita sah ratlos zur Decke. Ja, wo kam sie her? Und wo war sie nur gelandet?

»Ich war auf dem Dachboden«, sagte sie bedrückt. »Ich hab mit dem Puppenhaus gespielt. Und da war dieses Bild und dann bin ich mit der Nase draufgestupst und plötzlich war ich hier!«

Verwirrt schüttelte Anna den Kopf. »Was für ein Bild?«, fragte sie.

Zita erzählte alles ganz von vorn. Vom Umzug und vom neuen Haus, von der neuen Schule und der Langweile. Und vom Dachboden und dem Puppenhaus und dem klitzekleinen Bild, auf dem Annas Zimmer zu sehen war.

Schweigend hörte ihr die Prinzessin zu.

»Und jetzt sitze ich hier mitten in einem Märchen«, schloss Zita. »Im Froschkönig. Oder in Dornröschen oder in Ich-weiß-nicht-was.«

Die Prinzessin sah sie empört an. »Märchen?«, rief sie. »Das hier ist die echte Welt. *Du* kommst aus einem Märchen!«

Zita merkte, wie eine kleine Wut in ihr hochstieg. Diese Prinzessin wollte sie einfach nicht verstehen!

Wie immer, wenn sie wütend wurde, ballte sie die Hände zu Fäusten und steckte sie in die Hosentaschen.

»Tüdelüdelüt!«, machte es. »Tüüüdelüüüdelüüüdellüt!«

Die Prinzessin zuckte zusammen.
Zita zog ihren Mini-Spielcomputer aus der Tasche. Sie hatte ihn erst seit gestern. Ihre Eltern wollten ihr nämlich absolut keinen Gameboy schenken. Da hatte Zita all ihr Taschengeld genommen und sich dieses winzige Computerspiel gekauft. Als sie ihre Hände in die Hosentaschen gesteckt hatte, war sie wohl aus Versehen an den Startknopf gekommen. Und nun dudelte das Gerät vor sich hin.
Anna sah den Computer verschreckt an. »Zauberei!«, hauchte sie. »Du bist eine Zauberin!«
»Quatsch!«, rief Zita. »Das ist nur eine Spielmaschine. Hier, wenn du da draufdrückst, springt das Männchen hoch. Siehst du? Und wenn du da draufdrückst, rennt es. Das ist ein Spielzeug. Mit so was spielen die Kinder da, wo ich herkomme.«
Vorsichtig streckte Anna die Hand aus. »Zeig mir, was dieses Ding machen kann«, sagte sie.

Prinzessin Anna verstand schnell, wie das Computerspiel funktionierte. Begeistert drückte sie auf den Knöpfen herum.
»Vortrefflich!«, lachte sie. »Hast du noch mehr solch Lustigkeit?«

Zita kramte in ihren Hosentaschen, aber sie waren leer. In der hinteren Tasche fand sie schließlich doch noch etwas: einen zerknitterten Werbeprospekt von einem Freizeitpark. Zita zeigte ihn Anna und versuchte zu erklären, was auf den Bildern zu sehen war.

Stumm sah die Prinzessin sich die Fotos von der Achterbahn und den Karussells und der Hüpfburg an. »Welch wildes Vergnügen!«, sagte sie. »Und diese Bilder – sie sind so unerhört perfekt gemalt.«

Zita lachte. »Das sind Fotos«, sagte sie.

Anna sah sie fragend an. »Fotos?«, fragte sie. »Was sind Fotos?«

Zita begann zu erzählen. Von Fotoapparaten und Fernsehen, von Autos und Hochhäusern, von Flugzeugen und Waschmaschinen und Kühlschränken und elektrischem Licht.

Anna schwieg. Sie schwieg lange. »Es scheint unglaublich, was du erzählst«, meinte sie dann. »Aber ich glaube dir dennoch! Mein Herz sagt mir, dass du die Wahrheit sprichst.«

Zita lächelte Anna erleichtert an.

In diesem Moment wurde die Tür aufgerissen und eine ältere Frau stürmte herein.

Im Waschhaus

»Tante Eumelia«, flüsterte Anna.

Tante Eumelia war groß und dünn und sah nicht besonders freundlich aus. Sie hatte ein spitzes Kinn und eine spitze Nase und sogar ihre Augen spähten spitz. Selbst die Rüschen an ihrem Kleid sahen aus wie scharfe, spitze Zähnchen.

Mit einem langen Finger deutete Tante Eumelia auf Anna.

»Aaaaaah!«, rief sie. »Daaaa hast du dich also versteckt! Bist dem Schneidermeister entwischt, wie? Geziemt sich das für des Königs Tochter? Marsch, zurück! Das Brautkleid wartet!«

Brautkleid?, dachte Zita verwirrt.

Die Prinzessin wich zurück. »Ich will nicht«, sagte sie kläglich.

Tante Eumelia stellte sich drohend vor Anna auf. »Sei gewiss, du willst!«, zischte sie erbost.

Dann funkelte sie Zita an. »Und du?«, fragte sie. »Du bist

gewiss die neue Magd, die man schon überall sucht! Was treibst du dich im Gemach der Prinzessin herum?«

Tante Eumelia sah nicht nur spitz aus, sondern sprach auch so. Jedes ihrer Worte kam wie ein garstiger Pfeil hervorgezischt. Zita wagte nicht irgendetwas zu antworten.

Blitzschnell packte die Tante die Mädchen fest am Arm. Sie zerrte die beiden aus dem Zimmer und eilte mit ihnen einen langen düsteren Gang entlang. An den Wänden hingen Gemälde in goldenen Rahmen. Da war ein Kater in roten Stiefeln, und dort graste ein Einhorn im Mondschein, und daneben fing ein kleines Mädchen Sterne mit seinem Hemdchen auf.

Schließlich stieß Tante Eumelia eine Tür auf. Der Raum dahinter war voll gestellt mit hohen Regalen, von oben bis unten beladen mit Stoffballen. Dazwischen hüpfte geschäftig ein schmächtiges Männlein umher.

»Hier, Schneiderlein!«, rief Tante Eumelia ihm zu und schubste Anna durch die Tür. »Hier ist sie. Lasst sie nicht wieder entwischen! In einer Woche ist Hochzeit. Wenn das Kleid bis dahin nicht fertig ist – dann wehe Euch!«

Die Tante schlug die Tür zu. Sie umklammerte Zitas Handgelenk und riss sie vorwärts. »Ich werde dir zeigen, wo du hingehörst!«, zischte sie.

Zitas Herz schlug schnell, wie eine kleine wilde Trommel. Wohin wurde sie geschleppt? In ein Gefängnis?
»Ich will nach Hause!«, rief sie ängstlich. »Lass mich los!«
Aber Tante Eumelias Griff war fest.
Weiter ging es, durch den dunklen, stillen Gang mit den Märchengemälden und dann eine schmale, düstere Treppe hinab. Schließlich traten sie hinaus auf den Hof.
Auf der Stelle ging es Zita besser. Hier war es gut! Die Sonne schien und die Mauerrosen dufteten süß. Die Tante blieb einen kleinen Moment lang stehen, um zu verschnaufen. »Da drüben«, sagte sie, »da ist das Waschhaus. Da ist dein Platz.«
Zita atmete auf. Immerhin – sie kam nicht in ein finsteres Verließ! Während sie nun über den Hof gingen, blickte sie staunend umher. Kleine, bärtige Männer mit Zipfelmützen schleppten schwere Säcke. Eine alte Frau an einem Spinnrad nickte ihr freundlich zu. Auf dem Brunnenrand saß immer noch der dicke Frosch. In seinem Maul hielt er eine goldene Kugel. »Quaaack«, machte er und die Kugel fiel in den Brunnen. Zita hatte keine Zeit, sich zu wundern, denn die Tante zog sie nun durch ein offenes Tor, hinein in einen hohen Raum mit nackten Wänden. Die Luft war heiß und voller Dampf. Er stieg aus mächtigen Holztrögen auf,

an denen schwitzende Frauen und Mädchen standen und Wäsche schrubbten.
»Das Waschhaus«, schnaufte Tante Eumelia. »Hier bleibst du. Und lass dich nie wieder in den königlichen Gemächern blicken!« Dann drehte sie sich um und verschwand.
Zita blieb ratlos stehen. Was sollte sie jetzt tun? Weglaufen? Aber wohin? Während sie versuchte irgendetwas Vernünftiges zu denken, kam eine große, kräftige Frau mit einer weißen Schürze und einem Kopftuch auf sie zu.
»Höchste Zeit!«, rief sie. »Du bist die neue Magd, ja? Ich bin Maja, die erste Waschfrau. Du bist zu spät!«
»Ich . . . ich bin gar nicht . . .«, stotterte Zita verwirrt.
»Was?«, fragte Maja. » Hat man dir das Licht des Verstandes geraubt? Heraus mit der Sprache: Wie heißt du?«
Zita wurde es langsam zu bunt. Gab es denn nur unfreundliche Menschen hier? »Ich heiße Zita«, antwortete sie trotzig. »Und ich bin keine Magd.«
Maja stemmte die Arme in die Hüften und lachte laut. »Immer bereit für eine kleine Lustigkeit, was?«, dröhnte sie.
»Deshalb läufst du wohl auch in Hosen herum? Na, mir soll's egal sein. An die Arbeit!«
Sie schob Zita zu einem der großen Tröge, nahm ein

schmutziges Laken von einem Wäschehaufen und warf es ins Wasser.
Mit einem Stück Seife begann sie heftig auf dem Tuch herumzureiben. »So«, schnaufte sie, »genau so!«
Zita sah ihr zu und hatte dabei nur einen einzigen Gedanken. Sie wollte fort aus diesem Waschhaus und fort aus dieser verrückten Märchen-Welt. Doch dafür musste sie zur Prinzessin zurück. Anna war nett zu ihr gewesen. Vielleicht konnte sie ihr ja helfen nach Hause zu kommen.
Maja holte das Laken aus dem Seifenwasser und warf es in einen zweiten Trog. »Jetzt die Seife herausspülen«, knurrte sie. Sie walkte und knetete das Tuch, bis ihr dicke Schweißperlen von der Stirn tropften. Dann wrang sie das Laken aus und legte es in einen Korb. »Nun du!«, befahl sie und drückte Zita ein weißes Nachthemd und die Seife in die Hand.
Zita tauchte das Hemd ins Wasser. »Auuuu!«, schrie sie und zog die Hände wieder heraus. Das Wasser war unglaublich heiß.
»Zimperliese«, knurrte Maja.
Zimperliese? Das mochte Zita gar nicht hören. Die Mädchen aus ihrer Klasse waren vielleicht Zimperliesen – aber sie doch nicht! Also fasste sie noch einmal ins Wasser und biss die Zähne zusammen. Sie würde es dieser Maja schon zeigen.

Mit aller Kraft begann sie das Hemd einzuseifen. Blöde Wäsche hin oder her, immerhin ist dies ein Abenteuer, dachte sie. Und zwar ein echtes!
Nach einer Weile schaute Zita vorsichtig zur Tür. Dort musste sie hinaus – vorbei an Maja, die jetzt im Türrahmen stand und alles ganz genau beobachtete.
Also wusch Zita weiter. Bald schmerzten ihre Hände und Arme.

Nachdem sie einige Hemden und Laken gewaschen hatte, kam Maja wieder zu ihr. Prüfend hob sie ein Tuch hoch.
»Sieh dir das an«, schimpfte sie. »Alles noch voller Flecken! Mit dir hab ich's schlimm getroffen! Weißt du, was du verdienst?«
Zita schüttelte den Kopf. Sie war beleidigt. Da hatte sie sich so angestrengt und dann gab es nur wüstes Geschimpfe?

»Eine Ohrfeige verdienst du!«, rief Maja – und in der nächsten Sekunde bekam Zita die erste Ohrfeige ihres Lebens. Eine knallige, die richtig wehtat.
Zita schrie auf und rieb sich die Wange. »Man darf Kinder nicht schlagen!«, schrie sie wütend. »Niemals darf man das!«
Maja guckte Zita drohend an. »Ach nee?«, rief sie. »Dummes Geschwätz!« Und schon schlug sie ein zweites Mal zu.
Jetzt reichte es Zita! Mit aller Kraft trat sie Maja ans Schienbein und lief los.
»Bleib hier, du Teufelsbraten!«, brüllte Maja.
Aber Zita rannte zur Tür hinaus. Draußen war es dunkel geworden. Zita raste über den Hof und blickte hektisch in alle Richtungen. Überall sah sie schwere, mächtige Holztore. Welches war nur das richtige? In ihrer Verzweiflung stieß Zita einfach das nächstbeste auf und erblickte eine Treppe. Hastig sprang sie die Stufen hinauf. Oben erkannte sie, wo sie war. Sie stand in dem Flur, der zum Gemach der Prinzessin führte.
»Ha!«, lachte Zita. »Glück gehabt!« Sie flitzte den Flur entlang, stürzte in Annas Zimmer und warf die Tür hinter sich zu.

Schlimme Geschichten

Anna lag schon im Bett. Als Zita hereinkam, schreckte sie auf.

»Hilf mir!«, rief Zita flehentlich. Die Prinzessin zögerte keinen Augenblick. Sofort hob sie ihre Bettdecke hoch und ließ Zita drunterschlüpfen. Sie hatte ihr eben die Decke über den Kopf geworfen, da wurde die Tür aufgerissen und Maja stand im Raum. »Verzeiht mir, Prinzessin«, keuchte sie. »Habt Ihr eine Magd in Hosen gesehen? Sie ist in Euren Turm gelaufen!«

Anna setzte sich auf. »Wie könnt Ihr es wagen, hier einzudringen und meine Nachtruhe zu stören!«, rief sie streng. »Schert Euch fort!«

Zita hörte, wie Maja das Zimmer verließ, und kam aus ihrem Versteck hervor. »Oh Mann«, schnaufte sie, »das war knapp.«

»Was ist geschehen?«, fragte Anna neugierig. »Berichte mir!«

Zita kuschelte sich in die weichen Kissen. Wie gut das war, nach diesem verrückten Tag in einem weichen Bett zu liegen und einen freundlichen Menschen neben sich zu haben.
Sie erzählte Anna, was sie im Waschhaus erlebt hatte, und die Prinzessin musste über die wütende Maja kichern. Aber dann wurde Anna ernst.
»Ich habe nachgedacht«, sagte sie. »Ich glaube zu wissen, wie du wieder in deine Heimat gelangen kannst!«
Zita sah Anna gespannt an.
»Wir brauchen ein Bild«, erklärte Anna. »Ein Gemälde hat dich von zu Hause weggeführt. Also kann nur ein Gemälde dir auch den Weg zurückweisen. Es muss ein Bild von deinem Zuhause sein, verstehst du? Und ich weiß auch, wer dir ein solches Kunstwerk malen kann. Morgen früh gehen wir zu Michel, dem Hofmaler. Er ist mein Freund. Er wird uns helfen!«
Zita war begeistert. Wie klug von Anna! Natürlich! Sie brauchte ein Bild! »Danke«, murmelte sie glücklich und schloss die Augen. Sie war so unendlich müde nach diesem aufregenden Tag.
Gerade als Zita einschlummern wollte, seufzte Anna. Es war ein tiefer und leidvoller Seufzer.

Zita sah zu ihr hinüber. Auf Annas Wangen glitzerten Tränen.

»Was hast du?«, fragte Zita leise.

»Dieser gräuliche Froschmurch!«, schluchzte Anna. »Ich kann ihn nicht heiraten!«

Froschmurch? Heiraten? Zita fiel das Brautkleid ein, von dem Tante Eumelia gesprochen hatte. Anna schluchzte immer heftiger. Zita umarmte sie und versuchte sie zu trösten. Endlich hatte die Prinzessin sich ausgeweint.

»Wer ist ein Froschmurch?«, fragte Zita

»Prinz Otto«, sagte Anna und wischte sich die Tränen fort. »Der Sohn von Königin Ottilie. Der furchtbarste Prinz der Welt.«

»Warum sollst du ihn heiraten?«, fragte Zita.

Anna schniefte noch einmal und dann erzählte sie: von ihrer Mutter, die gestorben war, und von ihrem Vater, dem König vom Kleinen Reich. Schon seit vielen Monaten lag er schwer krank im Bett und Tante Eumelia regierte für ihn.

Eines Tages waren Königin Ottilie und Prinz Otto zu Besuch gekommen. Das Reich von Königin Ottilie war groß – aber sie wollte immer noch mehr Land und Macht haben. Ihrem Sohn Otto erfüllte sie jeden Wunsch. Und Prinz Otto hatte viele Wünsche. »Er ist entsetzlich verwöhnt«, erzählte Anna. »Und immerzu beleidigt und schlechter Dinge. Ich verabscheue ihn zutiefst!«

Prinz Otto und seine Mutter waren eine Woche geblieben. Und die ganze Zeit musste Anna nett und freundlich zum Prinzen sein. »Wenn du ihn verärgerst, wird Königin Ottilie sehr, sehr wütend werden – und ich noch viel mehr!«, hatte Tante Eumelia gedroht.

Als die Königin und ihr garstiger Sohn endlich abreisen wollten, hatte Prinz Otto noch einen Wunsch: Er wollte die Prinzessin mitnehmen. Als ob sie ein hübsches Spielzeug wäre. Tante Eumelia war begeistert gewesen. »Wenn ihr heiratet«, hatte sie gejubelt, »dann sind unser Reich und Königin Ottilies Reich miteinander verbunden. Zusammen werden wir groß und mächtig sein! Wir können gemeinsam gegen alle anderen Königreiche Krieg führen und noch viel mächtiger werden!«

Nachdem sie das gehört hatte, war Anna zu ihrem Vater gelaufen. Er war ein friedliebender König. Er wollte keine Kriege führen. Und er würde Anna niemals einem schrecklichen Prinzen wie Otto zur Frau geben.

Aber Tante Eumelia hatte Wachen aufgestellt, die Prinzessin Anna nicht zu ihrem Vater lassen durften. »Willst du,

dass der König stirbt?«, hatte Eumelia gedroht. »Wenn du ihn aufregst, wird er nur noch kränker werden!«
Und so kam es also, dass Anna Prinz Otto heiraten musste. In der nächsten Woche schon. Und ihr Vater ahnte nichts davon und konnte sie nicht retten.
Zita war entsetzt. Was für eine traurige und grausame Geschichte war das nur! Neben sich hörte sie Anna regelmäßig atmen. Die Prinzessin war eingeschlafen.

Zita konnte noch lange nicht einschlafen. In ihrem Kopf drehte sich alles, was sie heute erlebt hatte. Sehnsüchtig dachte sie an Mama und Papa. Wie gut und friedlich sie es doch mit ihnen hatte! Aber dann verscheuchte sie ihre wehmütigen Gedanken. Anna und Michel würden ihr helfen nach Hause zu kommen, ganz bestimmt würden sie das. Aber vorher hatte Zita noch etwas zu erledigen. Denn Anna durfte den Prinzen Otto nicht heiraten! Dafür wollte Zita sorgen. Sie musste es wagen und zu allem entschlossen sein – genau so, wie sie es sich immer erträumt hatte. Morgen, dachte sie, morgen fällt mir ein, was zu tun ist!

Michel

Als die Mädchen am nächsten Tag aufwachten, stand ein großes Tablett vor dem Bett. Es war beladen mit süßen Brötchen und kleinen Pasteten und Törtchen. In einer großen Kanne dampfte heißer Kakao. Die beiden aßen im Bett und Zita erzählte Anna, was sie vorhatte. »Warte nur«, sagte sie. »Noch heute fällt mir etwas ein, um dir zu helfen!«

Feierlich reichten die Mädchen sich die Hand und versprachen sich gegenseitig treu zur Seite zu stehen.

Ein kleiner Page kam, mit warmem Wasser in einer Kanne. Er goss es in eine Porzellanschüssel und warf duftende Rosenblätter hinein. Anschließend verbeugte er sich tief und ging rückwärts aus dem Zimmer. Zita und Anna standen auf und wuschen sich. Kaum waren sie angezogen, da fegte Tante Eumelia herein. Spitz von oben bis unten, stand sie da und begann sofort wieder zu schelten.

»Duuuu!«, schimpfte sie und deutete auf Zita, als ob sie das

Mädchen aufspießen wollte. »Du gehörst ins Waschhaus. Was tust du schon wieder hier?«
Zita suchte nach einer Antwort. Aber sie musste gar nichts sagen, denn Anna ging auf Tante Eumelia zu und umarmte sie. Die Tante wich zurück, aber Anna ließ sie nicht los.
»Ach bitte, liebste Tante«, flötete sie zuckersüß. »Diese Magd ist zu schade fürs Waschhaus. Lasst sie bei mir, ich bitte Euch. Ich brauche doch eine Zofe für das 1000-Jahre-Fest heute Abend.«
Tante Eumelia schüttelte Anna ab.
»Das Fest!«, rief sie aufgeregt. »Ja! Alles muss perfekt sein! 1000 Jahre gibt es das Kleine Reich nun. Ich werde allen zeigen, wie man prächtig feiert! Und wenn wir endlich das Große Reich geworden sind, dann wird es viele große Feste geben . . . Ja, nimm diese Magd als Zofe, nimm sie nur!«
Mit spitzen Schritten marschierte die Tante zur Tür und zerstach mit dem Zeigefinger die Luft.
»Punkt zwölf erwartet dich der Schneidermeister!«, sagte sie drohend zu Anna. »Du musst den Brautschleier anprobieren. Und dieses Geschöpf da wird auch mitkommen. Sie braucht ein anständiges Kleid! Und wagt es nicht, bis dahin das Zimmer zu verlassen!«

Die Tür fiel ins Schloss und Anna seufzte erleichtert. »Endlich«, sagte sie. »Und nun lass uns zum Maler eilen.«

Die beiden Mädchen schlichen den Gang entlang und die Treppe hinunter. An der Tür zum Hof blieben sie stehen. Anna lugte hinaus. Vorsichtig traten sie ins Freie und drückten sich an der Mauer entlang. Als urplötzlich über ihnen ein Fenster aufgerissen wurde, schreckten die beiden zusammen und blickten nach oben. War das nicht Eumelias spitze Nase, die da aus dem Fenster ragte?
Tatsächlich! Es war die Tante. Wie ein Jagdhund schnüffelte sie in alle Richtungen und spähte umher. Anna und Zita pressten sich stocksteif an die Mauer. Endlich zog Tante Eumelia ihren Kopf zurück und schlug das Fenster zu. Die Mädchen huschten weiter, bis zu einem kleinen Tor.
Hinter dem Tor lag der große Schlosspark. Weit hinten, am anderen Ende des Parks, war ein Glashaus zu sehen.
»Das ist Michels Atelier«, erklärte Anna. »Er braucht viel Licht.«

Zita und Anna gingen auf einem schneeweißen Kiesweg entlang. Die Steine knirschten unter ihren Füßen. Auf beiden Seiten des Weges standen mächtige alte Bäume. Die

Sonne schien durch ihre Blätter und kleine Lichtflecken tanzten auf dem Kies. Zwischen den Bäumen räkelten sich steinerne Nixen und Wassermänner auf sprudelnden Springbrunnen.

»Rucke di guh, rucke di guh«, tönte es plötzlich von oben. »Wer bist denn du, wer bist denn du?«

Erstaunt blickte Zita hoch. Auf den Ästen über ihr saßen weiße Tauben und schlugen gurrend mit den Flügeln.

Nun verließen sie den Kiesweg und betraten eine zierliche silberne Brücke. Sie führte über einen Teich voller Seerosen. Ein Schwan, der eine goldene Gondel zog, schwamm vorbei. Und was war das? Saß da nicht ein winziges, daumengroßes Mädchen auf einem Seerosenblatt? Bevor Zita noch genauer hinsehen konnte, nahm Anna ihre Hand und zog sie voran, auf eine große Blumenwiese. Inmitten der bunten Blüten graste friedlich ein Einhorn. Um es herum flirrte und glitzerte es. Ungläubig blieb Zita stehen. Sie wollte etwas sagen, aber Anna schüttelte den Kopf und legte den Finger auf die Lippen. Sie schlichen an dem Einhorn vorbei, und als sie weit genug von ihm entfernt waren, seufzte Anna glücklich. »Was für ein Glück!«, sagte sie lächelnd. »Normalerweise kommt es nur bei Vollmond her.«

Zita schaute zum Einhorn hinüber. Es war so wunderschön. »Aber . . . aber . . . «, stammelte sie, ». . . das gibt es doch gar nicht . . .« Dann verstummte sie. Das Einhorn blickte zu ihnen hin, warf den Kopf zurück und galoppierte davon. Es schien, als ob es inmitten kleiner Sternchen schweben würde.

Schließlich standen sie vor dem Haus des Malers. Es war ganz und gar aus Glas. Als sie eintraten, kam sogleich ein junger Mann auf sie zu und breitete die Arme aus. Er hatte lange, lockige, rote Haare und ein fröhliches Gesicht. »Prinzessin Anna!«, strahlte er. »Du bist entwischt! Wie schön, dass du mich wieder einmal besuchst!«
Anna strahlte zurück. »Michel!«, rief sie. »Welch Glück, dich zu sehen! Dies hier ist Zita, meine Freundin. Ich bitte dich – du musst ihr helfen!«
Zita fühlte sich warm und wohlig. Meine Freundin, hatte Anna gesagt. Das war ein gutes Gefühl. Es war überhaupt gut, hier im Atelier zu sein. Michel sah sie so freundlich an und das Glashaus war so herrlich bunt und unaufgeräumt. In dem großen Raum standen lange Tische. Sie waren beladen mit Zeichnungen und Pinselbechern und Schalen mit bunten Farben. Überall hingen und standen

Bilder. Auf einigen war Anna zu sehen, auf anderen tanzten Feen im nächtlichen Schlosspark und aus einem Gemälde blickte spitz Tante Eumelia hervor. So echt, dass Zita für einen klitzekleinen Moment dachte, sie stünde leibhaftig da.

»Setzt euch«, sagte Michel und brachte ihnen zwei wackelige, farbbekleckste Stühle. »Was kann ich für euch tun?«

Anna berichtete, wie Zita in ihrem Zimmer gelandet war. Und Zita erzählte vom Dachboden, dem Puppenhaus und dem kleinen Bild.

Michel hörte ruhig zu und war kein bisschen erstaunt.

»Und nun, lieber Freund«, bat Anna, »nun brauchen wir deine Hilfe.«

Michel nickte. »Natürlich«, sagte er nachdenklich. »Ihr benötigt ein Bild. Ein genaues Abbild von Zitas Zuhause. Nur so kann sie zurückgelangen. Wohlan! So lasst uns also beginnen.«

Die beiden Mädchen sahen ihn verblüfft an. »Du glaubst uns?«, fragte Anna.

Michel lachte. »Natürlich!«, sagte er. »Diese Welt ist wunderbar und verrückt. Die merkwürdigsten Dinge geschehen. Und in jedem Bild liegt ein Zauber. Wenn man es nur innig genug betrachtet, kann man sich in ein Gemälde hi-

neinträumen . . . und anscheinend sogar wahrhaftig darin eintauchen.«
Er stand auf und holte einige Leinwände herbei. »Wie groß war das Bild in der Puppenstube?«, fragte er. »Ich denke, wir sollten das neue genauso groß machen.«
Zita schaute sich um. »Es war kleiner als alle, die du hier hast«, sagte sie. Aber dann entdeckte sie eine Reihe winziger Gemälde an der Wand. »So wie diese da ungefähr«, rief sie und wanderte langsam an den Kunstwerken vorbei. Sie waren genauso klein, wie das Bild aus der Puppenstube. Und genauso perfekt gemalt.
Plötzlich blieb Zita überrascht vor einem der Kunstwerke stehen.
»Da!«, rief sie. »Da ist es! Das ist das Bild aus dem Puppenhaus!«
Michel nahm das Gemälde von der Wand und betrachtete es. »Tatsächlich?«, fragte er. »Das habe ich erst neulich gemalt. Annas Zimmer. Mit ihrem Himmelbett und dort in der Ecke sitzt sie im Sessel.«
»Aber . . .«, stotterte Zita, »aber wie . . . ich meine . . . wieso kann es hier sein? Es hing doch bei mir in der Puppenstube?«
Michel lächelte. »Ja, das ist eigenartig«, antwortete er. »Eigentlich ist die Zeit ordentlich aufgereiht. Erst kommt das

Gestern, danach das Heute und dann das Morgen. Und alle Dinge und alle Menschen sind genau in der Zeit, in die sie hineingehören. Aber das Ganze kann auch in einen Kuddelmuddel geraten.«

Zita sah Michel ratlos an. »Wie?«, fragte sie. »Wie kann das passieren?«

Michel lachte. »Na ja«, sagte er. »In unseren Köpfen kommt doch immerzu alles durcheinander. Wenn du zum Beispiel an etwas Schönes denkst – an etwas, das du früher mal erlebt hast. Du denkst daran zurück und siehst es fast vor dir. Kennst du das?«

Zita nickte.

»Die Vergangenheit wird lebendig in deinem Kopf«, erklärte Michel. »Genau so kannst du es auch mit der Zukunft machen. Wenn du dich sehr auf etwas freust und dir vorstellst, wie es wohl sein könnte.«

»Ja!«, rief Anna. »Geburtstag oder Weihnachten. Da kann ich mir ganz genau vorstellen, wie es sein wird.«

Michel dachte nach. »In Gedanken können wir also durch die Zeit reisen«, sagte er. »Hoppla-hopp, von der Vergangenheit in die Zukunft. Und schnell wieder zurück in die Gegenwart.«

Zita schwirrte der Kopf.

»Ich glaube, dieses Bild ist so eine Art Zauberstab«, sagte Michel nachdenklich. »Es hat Zitas Gedanken wahrgemacht. Jetzt ist es hier – aber vielleicht ist es auch gleichzeitig dort, in Zitas Zeit.«
Die Mädchen waren verwirrt. Was für ein Durcheinander! Ungeduldig stapfte Anna mit dem Fuß auf. »Meine Zeit, deine Zeit, Wirklichkeit!«, rief sie. »Jedenfalls brauchen wir ein neues Bild. Einen neuen Zauberstab!«
»Zu Befehl, werte Prinzessin«, lachte Michel und gab Zita ein Blatt Papier und einen Kohlestift. »Zeichne mir auf, wo du hinwillst«, sagte er. »Es muss nicht schön sein – ich muss nur wissen, wie es dort aussieht. Erinnere dich. Alles muss an seinem Platz sein, sonst wird es nicht funktionieren, denke ich.«
Zita nahm den schwarzen Stift in die Hand und zeichnete das Puppenhaus auf. Aber schnell legte sie den Stift beiseite.
»Nein«, beschloss sie. »Das ist zu kompliziert. Im Puppenhaus stehen so viele Möbel. Ich kann mich gar nicht an alles erinnern.«
»Ich könnte dein eigenes Zimmer malen«, schlug Michel vor.
Zita schüttelte den Kopf. »Das ist auch nicht gut«, meinte

sie. »Die Regale sind so voll gestopft mit Spielzeug ... aber das Wohnzimmer! Da stehen nur ganz wenige Möbel.«
Sie nahm den Stift und begann zu zeichnen. Das Sofa und den Tisch, die beiden Sessel, den Fernseher und die Stehlampe.
Michel sah ihr neugierig zu und fragte, was die einzelnen Dinge zu bedeuten hätten. Zita erklärte ihm, was ein Fernseher ist und wie es Licht auch ohne Kerzen geben kann.
Michel nahm eine winzige Leinwand und stellte sie auf ei-

ne Staffelei. Mit dem Kohlestift malte er Zitas Zeichnung ab. Er war schnell und zeichnete gut. Zuletzt ließ Michel sich erklären, welche Farben jedes Stück hatte. Als er alles verstanden hatte, scheuchte er die Mädchen hinaus. Er wollte sogleich mit dem Malen beginnen.

Sorgenvolle Stunden

Von weitem hörten die Mädchen die Schlossuhr schlagen. Zwölf Mal. Zita und Anna hatten gar nicht bemerkt, wie lange sie schon bei Michel waren.
»Geschwind!«, rief Anna. »Zum Schneider!«
Zita hüpfte fröhlich, während sie durch den Park zurück ins Schloss eilten. Michel würde ein Zauberbild für sie malen und sie würde wieder nach Hause kommen!
Jetzt hatte sie nur noch eine Sorge: Wie konnte sie Anna helfen?

Im Schloss wartet bereits Tante Eumelia auf sie. Sie stand mit verschränkten Armen vor Annas Zimmer und zitterte vor Wut.
»Woooooo wart ihr?«, zischte sie. »Hatte ich nicht gesagt, ihr sollt das Gemach nicht verlassen? Hatte ich das gesagt oder nicht?«
Anna brachte kein Wort heraus, aber Zita hatte jetzt ge-

nug von dieser bösartigen Tante. »Der Prinzessin war übel«, erklärte sie schnippisch. »Ich habe sie auf den Hof geführt, damit sie etwas frische Luft atmen konnte. Es ist ungesund, Kinder immer nur im Zimmer hocken zu lassen!«
Tante Eumelia japste. »Widerworte?! Oooooh!«, schnaufte sie. »Warte nur! Du wirst deine Strafe schon noch bekommen. Oh ja, das kannst du mir glauben!«
Mit flatternden Armen scheuchte sie die Mädchen durch den Gang. Im Zimmer des Schneiders angekommen, mussten die beiden sich umziehen.
Ein Gehilfe brachte für Zita ein Festkleid von Anna. Es passte perfekt. Tante Eumelia nörgelte trotzdem herum. »Die Schärpe«, zeterte sie. »Sie ist viel zu kostbar für eine Zofe. Und der Spitzenkragen auch. Weg damit, weg damit!«
Eilig trennte der Schneider den Kragen ab und holte eine schlichtere Schärpe. Nun war die Tante zufrieden.
Zita schaute in den Spiegel und war ganz verzaubert. Eigentlich hasste sie Kleider. Viel zu unbequem fand sie die und beim Fahrradfahren waren sie total unpraktisch. Aber dieses Kleid hier war einfach nur umwerfend zauberschön. Es reichte bis zum Boden und der bauschig weite Rock

schillerte lila und rauschte leise bei jeder Bewegung. Auf den plusterigen Ärmeln flatterten aufgenähte Stoffschmetterlinge. Zita hatte noch nie in ihrem Leben so etwas Schönes angehabt.

Neben ihr stand Anna und wurde immer noch angekleidet. Es war eine umständliche Prozedur. Zuerst schnallten die Schneider-Gehilfen der Prinzessin einen Reifrock um, ein rundes, weit ausladendes Holzgerüst. Darüber kam ein Rock nach dem anderen, bis Anna unter der raschelnden Last schwankte. Dann wurde ihr in das Oberteil geholfen. Es war ein steifes Ding mit einer Unmenge von Häkchen und Schnüren. Der Schneider knüpfte eine kleine Ewigkeit an ihnen herum. Er schnürte Anna so fest, dass sie nur noch mühsam atmen konnte. Ganz zum Schluss setzte er ihr den Schleier auf, eine mächtige, meterlange Tüllwolke. Starr und aufrecht stand Anna da und sie konnte sich kaum mehr rühren. Der Schneider und seine Gehilfen stichelten emsig und Anna blickte sorgenvoll ins Nirgendwo. Sie war die traurigste Braut, die Zita sich nur vorstellen konnte.

Die Schlossuhr schlug erst eins, dann zwei, dann drei. Zita saß in einer Ecke und überlegte im Kreis herum. Wie konnte sie Anna helfen? Langsam wurde sie ärgerlich auf sich

selbst. Im »Heldinnen-Klub« hatte sie doch immer so grandiose Ideen gehabt! Und jetzt saß sie bloß dumm herum, in ihrem Kopf war ein einziges Durcheinander und ihr fiel rein gar nichts Tapferes ein.
Erst als die Schlossglocke vier schlug, waren der Schneider und seine Gehilfen fertig. Müde reckte und streckte sich die Prinzessin. Sie war ganz steif geworden vom langen Stehen.
Tante Eumelia sah Anna scharf an. »Zeit für meine Nachmittagsruhe«, sagte sie. »Du gehst in dein Gemach. Und wage es nicht, dich noch einmal davonzuschleichen.« Bevor sie zur Tür hinausrauschte, blickte sie Zita noch einmal böse an. »Du weichst der Prinzessin nicht von der Seite!«, befahl sie spitz. »Wehe dir, wenn sie entwischt!«

Zita wich Anna tatsächlich nicht von der Seite. Allerdings nicht so, wie Tante Eumelia sich das gewünscht hatte. Die beiden Mädchen gingen nämlich nicht in Annas Zimmer zurück. Sie wollten vor dem Fest unbedingt noch einmal zu Michel. Wie weit war er wohl mit dem Bild gekommen?
Erneut huschten sie in den Hof und an den Mauern entlang bis zum Schlosspark. Der Himmel hatte sich verdüstert und erste Regentropfen fielen.

Anna blieb stehen. »Lass uns lieber morgen zu Michel gehen«, bat sie verschreckt.
»Warum?«, fragte Zita verwundert. »Lass uns besser laufen, damit wir nicht nass werden.«
»Aber gleich wird der Drache brüllen!«, sagte Anna furchtsam und klammerte sich an Zitas Arm. »Das tut er immer bei Regen!«
Zita versuchte weiterzugehen. »So ein Quatsch!«, widersprach sie ungeduldig. »Drachen gibt's doch gar nicht!«
In der Ferne donnerte es leise. »Da! Hörst du ihn?!«, rief Anna.
Zita schüttelte den Kopf. »Das war Donner«, sagte sie.
»Drachendonner!«, rief Anna mit weit aufgerissenen Augen.
»Er lauert irgendwo dort hinten. Und er frisst Prinzessinnen! Tante Eumelia hat mich gewarnt. Wenn er mich erst einmal riecht, wird er kommen und mich holen!«
Es donnerte noch einmal und die Prinzessin wurde immer aufgeregter. Zita konnte es nicht fassen. Wie konnte Anna nur so etwas Dummes glauben?
»Donner!«, rief sie energisch. »Weißt du nicht, was das ist? Da gibt's warme und kalte Luft, da oben, am Himmel. Und wenn die zusammenstoßen, knallt's. So ist das!«
Anna blickte in den finsteren Himmel. »Ich kann dort nichts erblicken«, sagte sie unbehaglich.

»Luft!«, rief Zita. »Das ist Luft! Die kann man nicht sehen!« Sie zerrte Anna mit sich und die Prinzessin stolperte hinter ihr her und zuckte bei jedem Donnern zusammen. Einmal erschrak auch Zita. War das wirklich nur ein Donnern gewesen – oder nicht doch ein Brüllen und Fauchen?

Als sie das Glashaus erreichten, regnete es heftig. Eilig traten sie ins Atelier. Michel stand betrübt neben seiner Staffelei.
Zita betrachtete das Bild und seufzte. Michel hatte alles exakt getroffen. Und jedes Möbelstück stand genau an seinem Platz. Aber die Farben! Die weißen Wände waren grau und das hellblaue Sofa war viel zu dunkel. Das ganze Zimmer sah schrecklich düster aus.
»Was ist mit den Farben los?«, fragte Zita enttäuscht. »Warum ist alles so dunkel?«
Michel zuckte mit den Schultern. »Ich habe kein Weiß mehr«, antwortete er niedergeschlagen. »Und nur mit Weiß kann ich helle Farben mischen.«
»Ja, dann kauf doch Weiß!«, rief Zita.
Michel schüttelte den Kopf. »Das gibt es nicht zu kaufen«, erklärte er. »Das muss ich selber herstellen. Aus ganz feinen Streifen von Blei. Die müssen monatelang in Essig lie-

gen. Bis das Blei zerbröselt. Danach kann ich es zu Pulver zerstoßen und mit Öl vermischen und dann erst ist es Farbe.«

Zita mochte es nicht glauben. »Monatelang?«, fragte sie verzweifelt. »Geht das denn nicht irgendwie anders?«

»Nur mit Perlmutt«, sagte Michel sorgenvoll. »Perlmutt aus Muschelschalen. Aber das ist selten und kostbar.«

Zita schniefte. Sie war den Tränen nahe.

»Warte!«, rief Anna. Eifrig wühlte sie in dem kleinen Samtbeutel, der an ihrem Rock hing. Endlich hatte sie gefunden, was sie suchte, und reichte Michel einen schimmernden, weißen Kamm.

»Perlmutt«, lachte Michel. »Er ist aus Perlmutt! Das ist die Rettung!«

Er holte ein Schälchen herbei und begann den Kamm darin zu zerstoßen.

Eine Zeit lang sahen die Mädchen ihm dabei zu. Michel zermahlte die Perlmuttstückchen zu Krümeln und schließlich zu einem feinen Pulver. »Gut«, murmelte er, »sehr gut.« Er war so in seine Arbeit versunken, dass er gar nicht hörte, wie die beiden Mädchen sich verabschiedeten.

Das Fest

Draußen prasselte der Regen. Zita und Anna wurden klatschnass, als sie durch den Park zurück zum Schloss eilten.

In Annas Gemach flackerte ein Feuer im Kamin und es war gemütlich warm. Die Mädchen stiegen aus den nassen Kleidern, hüllten sich in die Bettdecken und hockten sich vor die Flammen.

Als sie sich aufgewärmt hatten, zogen sie ihre Festkleider an. Annas Kleid war rosa, mit lauter aufgestickten Röschen. Sie trug eine Krone mit funkelnden Edelsteinen und sah wirklich aus wie eine echte Märchenprinzessin, fand Zita.

Sie ging zum Spiegel und sah sich an. Ganz gerade stand sie da, weil das Oberteil ihres Kleides so eng geschnürt war. Ihr Rock schimmerte lila und knisterte leise. Zita bewegte sacht ihre Arme und ließ die Stoffschmetterlinge mit den Flügeln schlagen. Oh, sie sah so fein aus!

Die Schlossuhr schlug acht und vom Hof erklang fröhliche Musik.
»Die Gaukler sind da!«, rief Anna und lief zum Fenster.
Die Mädchen schauten hinaus. Es hatte aufgehört, zu regnen. Auf dem Hof standen hölzerne Wohnwagen und Zeltkarren.
»Sie fahren einfach so durchs Land«, sagte Anna sehnsuchtsvoll. »Manchmal träume ich davon, das auch zu tun.«
Die Musiker tanzten in bunten Kostümen umher und aus prächtigen Kutschen stiegen kostbar gekleidete Edelleute. Zita staunte über ihre mächtigen, weißen Lockenperücken. Auf den Frisuren der Damen entdeckte sie kleine, wippende Segelschiffchen oder Stoffvögel. Alle strömten zum hell erleuchteten Festsaal. Seine großen Türen waren weit geöffnet und aus seinem Inneren strahlten hunderte von Kerzen.
»Komm!«, rief Anna. »Das Fest beginnt!«

Als die Mädchen in den Hof kamen, gab es ein ehrfürchtiges Geraune und Geflüster und die Edelleute bildeten eine Gasse. Die Herren verneigten sich vor der Prinzessin und die Damen knicksten tief. Zita war es wahnsinnig peinlich,

dass alle auf sie schauten. Anna jedoch tippelte durch die Menschengasse, lächelte huldvoll nach links und rechts und winkte fein.
Über einen roten Teppich gelangten die Mädchen in den Festsaal. Ehrfürchtig schaute Zita sich um. Welch eine Pracht! Die hohen Wände waren bemalt, mit zauberhaft schönen Traumlandschaften und tanzenden Fabelwesen. Von der Decke hingen mächtige Kronleuchter. Ihr Kerzenlicht funkelte in den riesigen Wandspiegeln. Mitten im Saal war ein großer Tischkreis aufgebaut. Die weißen Tischdecken waren übersät mit Rosenblüten, dazwischen glitzerten kleine, gläserne Herzen. Sie schimmerten mit den Edelsteinen auf den Rändern der goldenen Teller und Becher um die Wette.
Anna setzte sich und Zita nahm neben ihr Platz. Der Stuhl auf Annas anderer Seite hatte eine Krone auf der Rückenlehne. Es war der Platz des Königs. Aber er war nicht gekommen. Enttäuscht schaute Anna auf den leeren Stuhl. Mit einem Mal wurde auch Zita schwermütig. Ihre Sehnsucht nach Mama und Papa wurde mächtig und groß. Das Heimweh schwappte über sie hinweg wie eine Riesenwelle. Aber dann ertönten mächtig laute Fanfaren und vertrieben Zitas trübe Gedanken. Eine lange Reihe von Köchen

marschierte in den Saal. Sie trugen schwere silberne Tabletts und Schüsseln und verteilten sie auf den Tischen.
Noch nie hatte Zita solch eine prachtvolle Mahlzeit gesehen. Direkt vor ihr lag ein ganzes, knusprig gebratenes Spanferkel. Es war mit Blumen und bunten Bändern geschmückt. Daneben stand eine Schüssel mit gekochten Krebsen, deren Schalen und Scheren vergoldet waren. In großen Schalen türmten sich Klöße, Würstchen und Frikadellen. Es gab Teller mit Schnecken und Platten, auf denen goldbraun gegrillte Hühnchen, ganze Fische und mächtige Hummer lagen.
Als alle Tische randvoll beladen waren, stand Anna auf und hob ihren Becher. »Lasst uns auf den König trinken!«, rief sie.
Während alle sich zuprosteten und die Diener ihnen Teller füllten, wirbelten die Gaukler herein: Musiker, Artisten, Clowns und Schauspieler. Sie waren als Feen und Zauberer, als Löwen und Pferde verkleidet, schlugen Saltos, bauten sich zu Pyramiden auf, sprangen durch brennende Reifen, spuckten Feuer und führten Zauberkunststücke vor.
Um Mitternacht wurde der Nachtisch aufgetragen. Unzählige hohe Torten, große Marzipanfiguren und mächtige Schüsseln mit Eis und Sahne füllten die Tische.
Ganz zum Schluss stellten die Köche einen goldenen

Springbrunnen, aus dem weiße Schokolade floss, vor Anna auf den Tisch. »So süß wie diese Schokolade soll dein Leben an der Seite Ottos sein«, sagten sie und verbeugten sich tief. »Ein Lied für die Königstocher!«, rief einer der Musiker. »Ein Lied zu ihrer baldigen Vermählung!«
Dann begann er zu singen:

»Anna, bald bist du die Braut,
freudig singt dein Herzlein laut.
Ewig schlägt's in Süße fein,
bist bald nimmermehr allein.«

Voller Sorge beobachtete Zita die Prinzessin. Niederge-

schlagen und blass saß sie da. Nein, Annas Herz sang ganz bestimmt nicht freudig.
Der Sänger sang weiter:

»Oh Prinzessin, bist so süß.
Das ist's, was Prinz Otto liebt.
Oh Prinzessin, sanft und zart,
das ist's, was Prinz Otto mag.«

Zita stöhnte leise auf. Anna sollte dem doofen Otto mal ans Scheinbein treten, dachte sie. Sie sollte dem mal zeigen, dass sie kein liebes Zuckerpüppchen ist!
Und plötzlich hatte Zita eine wunderbare Idee. Jetzt wusste sie, was zu tun war: Anna musste sich ändern! Sie durfte nicht mehr nett und zart und lieblich sein. Denn Otto wollte sie heiraten, weil sie so süß war. Aber wenn sie nun nicht mehr süß war – kein bisschen süß? Wir müssen zum Prinzen fahren und ein mächtiges Theater machen, dachte Zita. Dann wird er Anna ganz sicher nicht mehr haben wollen.
Nur – wie konnten sie noch vor der Hochzeit zum Schloss des Prinzen kommen? Der Weg dorthin war weit, hatte Anna gesagt.
Während Zita grübelte, sang der Sänger von Liebe und

Sehnsucht. Die edlen Damen und Herren lächelten der Prinzessin zu, und die saß aufrecht da und lächelte tapfer zurück. Zita bewunderte Anna. Sie war wirklich eine echte Prinzessin.
Schließlich hatte der Sänger sein Lied beendet. »Werte Prinzessin«, sagte er. »Morgen früh ziehen wir zum Schloss des Prinzen. Erlaubt, dass wir ihm Grüße von Euch ausrichten!«
Anna nickte kummervoll – aber Zitas Herz machte einen Hüpfer. Das war ja sagenhaft! Die Gaukler fuhren zu Prinz Otto! Morgen schon! Da würden sie und Anna einfach mitfahren! »Lass uns gehen«, flüsterte sie der Prinzessin zu. »Ich habe einen Plan.«
Es war genau der richtige Zeitpunkt, um sich fortzustehlen. Die Musiker spielten zum Tanz auf. Die Edelmänner führten ihre Damen in die Mitte des Saals und sie begannen zierlich im Kreis zu tippeln und Ringelreihen zu tanzen. Niemand bemerkte es, als die beiden Mädchen hinausschlichen.

Zitas Plan

»Mach dir keine Sorgen mehr«, sagte Zita munter, als sie wieder in Annas Zimmer waren. »Wir reißen aus, noch heute Nacht. Wir verstecken uns in einem der Wagen und fahren einfach mit den Gauklern mit. Du hast doch gesagt, das würdest du gerne mal tun.«
Anna schüttelte den Kopf. »Aber doch nicht zu Otto!«, rief sie. »Oh nein, nein, nein! Ich will nicht zu ihm! Ich will ihn überhaupt nie mehr sehen!«
»Aber du *musst!«*, erklärte Zita. »Weil du ihm nämlich beweisen wirst, dass du die sonderbarste Prinzessin bist, die auf dieser Welt herumläuft!«
Anna war empört. »Ich bin nicht sonderbar«, sagte sie.
Zita verdrehte die Augen. »Natürlich nicht«, sagte sie. »Du sollst dich nur so *benehmen*. Otto mag dich, weil du ihm niemals widersprochen hast. Weil du so sanft bist. Wenn du das nicht mehr bist, wird er dich auch nicht mehr heiraten wollen.«

Anna schwieg eine ganze Weile. Dann blickte sie Zita entschlossen an. »Was muss ich tun?«, fragte sie.
»Ich zeig es dir«, sagte Zita. »Ich zeig dir, wie ein gar nicht süßes Mädchen sich benimmt.« Sie wusste zwar nicht, was genau sie Anna zeigen wollte – aber es würde ihr bestimmt noch einfallen.
Zita zog ihr Kleid aus und schlüpfte in ihre Jeans und den Pulli.
»Puh!«, stöhnte sie. »Dieses Kleid ist so eng. Ich konnte gar nicht richtig atmen. Wie hältst du das nur aus?«
»Man muss gerade gehen«, sagte Anna. »Und sich vorsichtig bewegen.«
Zita überlegte. Sich vorsichtig bewegen – genau das sollte Anna nicht mehr tun. Sie sollte springen und hüpfen und laufen. Sie sollte wilde, merkwürdige Dinge tun – so, wie Zita und ihre Freundinnen vom Heldinnen-Club. Wie lustig war das immer gewesen, mit ihrem wilden Begrüßungstanz und . . .
Der Begrüßungstanz! Natürlich! Den musste sie der Prinzessin beibringen.
»Was tust du, wenn du jemanden begrüßt?«, fragte sie Anna.
Anna machte einen Knicks, lächelte reizend und reichte Zita zierlich ihre Hand. »So geziemt es sich«, erklärte sie.

»Alles klar!«, sagte Zita. »Aber wenn du Otto siehst, geziemt es sich ab jetzt anders.« Sie stellte sich breitbeinig hin und hielt die Arme wie eine Karatekämpferin vor die Brust. »*Hu-ha!*«, rief sie, drehte sich einmal schnell im Kreis und zerschnitt dicht vor Annas Gesicht mit ihren Händen die Luft. »*Hagana-hugana-ha!*«

Erschrocken wich die Prinzessin zurück.

»Toll, was?«, strahlte Zita. »Jetzt bist du dran.«

Anna fuchtelte mit den Händen vor Zita herum. »*Haga-haga*«, sagte sie zögerlich.

»Ganz schön für den Anfang«, kicherte Zita. »Aber es heißt: *Hu-ha! Hagana-hugana-ha!* Und die Hände, die musst du schnell bewegen. Wie bei einem Kampf.«

Anna versuchte es noch einmal. Und noch einmal. Und noch einmal.

Endlich war Zita mit ihr zufrieden. »Und jetzt weiter«, sagte sie. »Was könntest du noch tun?«

»In der Nase bohren, möglicherweise?«, fragte Anna.

»Nasebohren ist gut«, lobte Zita. »Und Zunge rausstrecken auch. Und Schimpfwörter! Du solltest unbedingt ein paar Schimpfwörter lernen.«

Anna dachte nach. »Ehh, du . . . du . . . du bist . . . ganz dumm!«, sagte sie vorsichtig.

Zita musste lachen. Es war wirklich zu niedlich, wie Anna versuchte ungezogen zu sein.
»Blödkopf!«, rief Zita. »Meckerheini! Doofwurst!«
»Froschmurch!«, antwortete Anna begeistert und streckte Zita die Zunge raus.
Genau in diesem Augenblick flog die Tür auf und Tante Eumelia kam ins Zimmer. »Anna!«, rief sie entsetzt. »Waaaas muss ich da hören? Welch unschickliches Benehmen!«
Die Mädchen grinsten sich verlegen an.
»Und wie kannst du dir erlauben einfach so vom Fest zu verschwinden?« Tante Eumelia war wieder einmal unge-

mein zornig. »Seit diese Zofe an deiner Seite ist, hat dein Benehmen seeeehr nachgelassen!«
Mit ihrem langen Zeigefinger pikste sie Zita auf die Brust und kam mit ihrem spitzen Gesicht dicht an ihr Ohr heran. »Morgen werde ich zum König gehen«, zischte sie. »Ich werde ihm alles erzählen. Und dann wirst du nicht mehr Annas Zofe sein!«
Anna hatte alles gehört. »Geh nur zu ihm!«, sagte sie wütend. »Dann kannst du ihm auch gleich von dieser dummen Hochzeit erzählen. Und du wirst schon sehen, was er dazu sagt!«
Tante Eumelia stolzierte zur Tür. Dort drehte sie sich noch einmal um. »Ich habe ihm bereits davon erzählt. Und er ist völlig einverstanden«, sagte sie schnippisch und schlug die Tür hinter sich zu.
»Ich glaube dir nicht!«, rief Anna ihr trotzig hinterher. Dann holte sie tief Luft. »Jetzt reicht es mir«, sagte sie zu Zita. »Lass uns unverzüglich gehen!«

Die Ausreißerinnen

Im Hof war es still. Das Fest war vorbei und alle schliefen. Anna und Zita huschten um die Wagen der Gaukler herum. Zita hatte ein wunderbar kribbeliges Gefühl im Bauch. Weglaufen und sich verstecken, jawohl, das war ein richtiges Abenteuer.

Die Wagen der Gaukler gefielen ihr. Sie sahen so gemütlich aus. Es gab bunte Wohnwagen aus Holz und Karren, über die Zelte gespannt waren. An den meisten Wagen hingen kleine, flackernde Laternen. Zita und Anna schlichen umher, bis sie vor einer unbeleuchteten Zeltkarre standen. Zita lugte hinein. Sie sah einen Berg Kleider – obenauf lag ein Löwenkostüm. Daneben waren Trommeln gestapelt und an der Seite lehnten die Feuerreifen.

»Perfekt!«, flüsterte Zita. »Hier wohnt keiner!«

Mit einem Schwung hangelte sie sich auf den Wagen hinauf.

Anna blickte zu ihr empor. »Ich kann das nicht!«, kiekste sie.

Zita schnaufte. Anna musste wirklich noch eine Menge lernen!

Sie reichte der Prinzessin die Hand und hievte sie zu sich nach oben. Es war nicht einfach – Anna hing an Zitas Arm wie ein schwerer Sack. Oben angekommen, stieß sie sich den Kopf an einer Zeltstange und schrie auf. Zita packte die Prinzessin, warf sich mit ihr auf den Boden und hielt ihr den Mund zu. Waren da nicht Schritte zu hören?

Die Mädchen lagen da und lauschten. Aber alles blieb still.

»Pssst«, machte Zita und ließ Anna los. »Jetzt aber leise!«

Vorsichtig krabbelten die beiden tiefer in den Wagen hinein. Weiter hinten lagen noch mehr Kleider und Kostüme und ein ganzer Berg Decken. Zita begann sogleich, daraus ein weiches Lager zu bauen. Anna hockte auf dem Boden und sah zu.

»Hilf mir mal«, wisperte Zita. »Gib mir die Decken da neben dir.« Anna schüttelte stumm den Kopf und begann mit den Zähnen zu klappern. »I-hich ha-hab A-hangst«, bibberte sie.

Oh, nun war Zita wahrhaftig ein bisschen böse. Alles klappte so gut. Warum musste Anna da bloß so angsthasig sein?

»Oh Menno!«, stöhnte sie. »Das Abenteuer fängt grade erst an! Mensch! Sei mal ein bisschen mutig!«

»Ich will ja mutig sein«, flüsterte Anna kläglich. »Ich weiß nur nicht, wie das geht! Ich bin Abenteuer nicht gewohnt. Ich hab doch noch nie eines erlebt.«
Zita fühlte sich mit einem Mal wie ein großer, starker Ritter. Da war die arme, ängstliche Anna und war so hilflos. Sie durfte sie nicht beschimpfen, sondern musste sie beschützen.
»Tut mir Leid«, sagte sie tröstend und strich Anna übers Haar. »Guck, was ich uns hier für ein kuscheliges Nest gebaut habe.«
Sanft zog sie Anna zu dem Lager und deckte sie mit einem Pelzmantel zu. Dann legte sie sich neben sie.
Als Anna schon längst eingeschlafen war, lag Zita noch immer wach. Sie sah in die stille Dunkelheit und dachte nach.
War ihr Plan wirklich gut? Und was würde geschehen, wenn die Gaukler sie entdeckten? Zita merkte, wie Furcht und Heimweh sich an sie heranschlichen. Schnell dachte sie an ihren Heldinnen-Club. Egal, was passieren würde – sie wollte tapfer und löwenherzig sein.

Am nächsten Morgen wachten die beiden auf, weil sie fürchterlich durchgeschüttelt wurden. Der Wagen rumpel-

te über einen holperigen Weg. Auf einmal blieb er mit einem Ruck stehen.
»Kleine Pause!«, rief jemand. »Lasst uns etwas essen! Ich hole ein paar Decken für den Boden.«
Zita und Anna setzten sich schnell auf. Decken? Die lagen doch in ihrem Wagen hier! Bevor Zita noch überlegen konnte, was sie tun sollte, wurde die Plane am Eingang beiseite gezogen. Prustend und schnaufend kletterte eine kleine, kugelrunde Frau in den Wagen.
»Decken, Decken, wo könnt ihr euch verstecken?«, murmelte sie und kam langsam auf Anna und Zita zu. »Ah, ja . . . dahinten, dahinten . . . hu, ist es dunkelmunkelig hier!«
Die Mädchen erstarrten. Jetzt war keine Flucht mehr möglich.
Es war so schummerig im Wagen, dass die runde Frau sie erst entdeckte, als sie direkt vor ihnen stand. Vor lauter Überraschung hopste sie einen kleinen Schritt zurück, stolperte und fiel auf einen der Kleiderhaufen. Wie ein dicker Käfer lag sie auf dem Rücken und versuchte wieder hochzukommen.
Anna machte sich klein und versteckte ihr Gesicht an Zitas Schulter. Zitas Gedanken sausten umher: Sollten sie aufspringen und nach draußen rennen? Oder sitzen bleiben

und warten, ob es gleich ein Riesengeschimpfe geben würde? Bevor sie noch zu Ende überlegen konnte, streckte die Frau ihnen die Arme entgegen. »Hätten die Damen vielleicht die Güte, mir hochzuhelfen?«, bat sie fröhlich.
Zita sprang auf. Anna versuchte sich hinter ihr zu verbergen, aber Zita knuffte sie. »Komm und hilf«, sagte sie. »Sie ist freundlich!«
Die Frau kicherte. »Ganz genau!«, sagte sie. »Sie ist sogar ungemein freundlich!«
Während die Mädchen näher kamen, riss sie erstaunt die Augen auf. »Oh, welch Ehre!«, sagte sie. »Ist das nicht die durchlauchtigste Prinzessin? Und ihre Zofe hat sie auch gleich mitgebracht! Kann es sein, dass ihr ein wenig ausgerissen seid, hm?«
Verlegen nickten Zita und Anna.
»Angenehm, angenehm. Ich bin Sophie. Und jetzt reicht mir bitte eure vornehmen Pfoten!«, kicherte die Frau.
Zita und Anna packten Sophies Hände und hievten sie hoch. Es machte einige Mühe, denn Sophie war schwer. Als sie endlich stand, schnaufte sie erschöpft.
»Danke«, pustete sie. »Und nun? Was habt ihr denn vor, so allein unterwegs? Spazieren fahren? Mal ein bisschen das Land erkunden? Oder braucht ihr Hilfe?«

Anna war immer noch schüchtern und schwieg, aber Zita fand, dass sie Sophie vertrauen konnte. »Ja!«, sagte sie. »Wir brauchen sogar ganz unbedingt Hilfe!« Eilig erzählte sie Sophie, warum sie ausgerissen waren und was sie planten.

Sophie schaute die Prinzessin mitleidig an. »Du Arme«, seufzte sie. »Dass Eumelia so hinterlistig ist und Prinz Otto so ein Scheusal . . . nein, nein, meine Lieben! So funktioniert das mit dem Heiraten nicht. Da habt ihr völlig Recht. Kommt mit!«

Sie legte ihre runden Arme um Zita und Anna und schob sie vor sich her zum Ausgang.

»Wo bleiben die Decken, Sophie!«, brüllte jemand von draußen.

»Decken gibt's heut nicht!«, rief Sophie. »Ich hab was viel Feineres gefunden! Kommt her!«

Sie kletterte mit den beiden Mädchen aus dem Wagen und Zita wurde etwas mulmig zu Mute. Denn da standen bestimmt zwanzig Männer und Frauen und sahen sie neugierig an. Ein paar von ihnen erkannte Zita. Den Sänger von gestern Abend und die Feuerspuckerin und neben ihr die Artistin, die so grandios Saltos geschlagen hatte.

»Was Feineres?«, rief ein kleiner Mann mit mächtigem Bart

und Zipfelmütze. »Was Feineres, was Kleineres? Was Zartes, gar nicht Hartes? Grade richtig zum Mittagsmahl? Hohohohoho!«

Die Mädchen zuckten zusammen und Sophie drückte die beiden beschützend an sich. »Hör auf mit dem Unsinn, Grummel, sonst fresse *ich dich!*«, rief sie. »Die beiden brauchen unsere Hilfe.«

Sofort machte der kleine Mann eine übertriebene Verbeugung.

»Wie ihr befehlt, Majestät«, lachte er. Er sprang auf Zita und Anna zu und verbeugte sich noch einmal. »Gestatten?«, fragte er freundlich. »Mein Name ist Grummel. Kleine Gestalt, großes Gegrummel. Aber ich habe ein weiches Herz! Verzeiht den dummen Scherz und lasst mich Euch zu Diensten sein. Darf ich Euch zu Tisch geleiten?«

Anna legte huldvoll ihre Hand auf seinen Arm. Zita machte es ihr nach und der Zwerg führte sie würdevoll an den Wagen entlang zu einem großen Baum. Unter ihm hatten die Gaukler ein Picknick aufgetischt. Die Männer und Frauen hockten auf dem Boden – nur Sophie thronte auf einem Kissenberg wie eine Königin. Zita und Anna saßen neben ihr. Grummel brachte Brot und kaltes Hühnchen und schenkte ihnen zu trinken ein. Sophie hob ihr Glas und prostete allen zu. »Trinkt auf das Abenteuer!«, sagte sie. »Denn hier haben wir eines! Dies sind Prinzessin Anna und ihre Zofe Zita. Anna muss Prinz Otto heiraten, obwohl er ein Scheusal ist.«

»Heiraten darf man nur aus Liebe!«, rief die Feuerspuckerin.

»Soll ich Otto bezwingen?«, rief Grummel. »Soll ich das Scheusal niederringen?«

Alle lachten, aber Sophie klatschte energisch in die Hände und sofort wurde es still. Aufmerksam hörten ihr alle zu, als sie von Zitas Plan berichtete. »Wir werden den beiden helfen«, sagte Sophie schließlich. »Wir bringen sie zum Schloss. Und vorher kann die Prinzessin noch ein paar Tricks von uns lernen.«

Die Gaukler jubelten und klatschten Beifall. Anna strahlte und Zita war unglaublich stolz. Was für eine gute Pläneschmiederin sie war!

Gerade als sie nach dem Essen weiterfahren wollten, hörten sie wildes Hufgetrappel. Es waren drei Reiter, die in schnellem Galopp näher kamen. Anna wurde blass. »Oh nein!«, stöhnte sie. »Die Schlosswachen! Sicherlich hat Tante Eumelia sie geschickt.«

Schnell hob Sophie ihren weiten Rock. »Husch!«, rief sie Zita und Anna zu. »Versteckt euch, rasch!«

Schnell schlüpften die beiden unter den Rock und drängten sich an Sophies Beine. Keine Sekunde zu spät ließ sie ihren Rock wieder fallen. Schon waren die Reiter herangekommen und hielten direkt vor Sophie an.
»Wir sind die Wachen des Königs!«, rief einer von ihnen. »Eumelia schickt uns. Prinzessin Anna ist verschwunden. Und ihre Zofe ebenfalls. Ihr habt die beiden mitgenommen. Gebt sie heraus!«
Die Mädchen hörten Sophie lachen. »Werte Herren«, sagte sie freundlich. »Was haltet Ihr von uns? Sehen wir aus wie Kinderdiebe? Aber schaut euch gerne um und überzeugt euch selbst.«
Aufgeregt lauschten Anna und Zita, wie die Männer von ihren Pferden stiegen. Genau in diesem Moment kitzelte es Zita entsetzlich in der Nase. Sie versuchte nicht zu niesen. Aber das Kitzeln wurde so heftig, dass es doch passierte.
»Haaatschiii!«, machte Zita laut.
»Was war das?«, fragte eine der Wachen misstrauisch.
»Haaaaatschi! Ha-ha-hatschi!«, nieste Sophie. »Ich habe einen Schnupfen. Das war das. Ist das nicht erlaubt? Und nun seht, ob ihr findet, was ihr sucht. Wir müssen weiter.«
Die Schritte der Männer entfernten sich. Sophie beugte sich zu den Mädchen hinab. »Keinen Mucks mehr!«, flüsterte sie.

Zita und Anna wagten kaum zu atmen. Es dauerte eine kleine Ewigkeit, bis die Wachen wieder zurückkamen.
»Wir bitten um Verzeihung«, sagte einer der Männer. »Falls Euch die Prinzessin begegnen sollte, bringt sie bitte zum Schloss zurück. Eumelia wird es Euch großzügig danken!«
Dann stiegen die Wachen auf ihre Pferde und galoppierten davon. Zita und Anna krabbelten unter Sophies Rock hervor und streckten sich. Ihre Arme und Beine waren eingeschlafen. Nun erwachten sie langsam wieder zum Leben und kribbelten fürchterlich.
Anna wollte Sophie zum Dank ihre goldene Kette schenken. Aber Sophie wehrte ab. »Lass nur, Prinzessin«, sagte sie. »Du kannst stattdessen lieber beim Abwaschen helfen.«
Anna reichte ihr die Hand. »Ich verspreche es«, sagte sie feierlich.

Bei den Gauklern

Sie fuhren den ganzen Tag. Zita und Anna durften bei Sophie auf dem Kutschbock sitzen. Neugierig schaute Zita ins Land. Auf einem Hügel sah sie ein gemütliches Häuschen stehen. Aus einem Fenster schaute eine Frau und schüttelte energisch Betten aus. Die Sonne schien, aber um den Hügel herum schneite es. Aufgeregt zeigte Zita den anderen beiden, was sie sah. Aber sie schauten nur kurz hin und nickten.

»Ja, ja«, sagten sie freundlich und unterhielten sich weiter.

Zita verstand. Sie war die Einzige, die über Schnee im Sommer, sprechende Tauben oder ein Einhorn staunte. Und so sagte sie nichts mehr, als sie in einem kleinen Wäldchen ein winziges Männlein wild um ein Feuer herumtanzen sah. Und auch den hohen Turm, aus dessen Fenster weit oben ein langer Zopf heraushing, zeigte sie niemandem.

Als es dämmerte, hielten sie an einem Bach. Es wurde ein Feuer gemacht und das Abendbrot vorbereitet.

Grummel führte Zita und Anna herum und stellte ihnen alle vor: die Feuerspuckerin, den Sänger und die Musiker, die Artisten und die Wahrsagerin. Sie war eine alte Frau mit langen weißen Haaren. »Setzt euch«, sagte sie freundlich. »Ich will sehen, was euch die Zukunft bringt.«
Anna und Zita hockten sich neben sie ins Gras. Die Wahrsagerin nahm ein Päckchen Spielkarten, mischte sie und legte sie in Reihen auf den Boden. Gespannt blickten die Mädchen auf die Bilder. Es waren rätselhafte Zeichen und märchenhafte Figuren. Neugierig kamen die anderen Gaukler näher. Eine lange Zeit blickte die Wahrsagerin schweigend auf die Karten.
Dann lächelte sie. »Verzage nicht«, sagte sie zu Anna. »Es liegt alles in deiner Hand. Du kannst schaffen, was immer du willst.«
Anna strahlte. »Und Zita?«, fragte sie. »Was ist mit Zita?
Die Wahrsagerin schaute auf die Bilder und runzelte die Stirn.
»Merkwürdig«, murmelte sie nachdenklich. »Dieses Mädchen ist etwas Besonders. Es kommt aus dem Nirgendwo.«
Die Gaukler blickten Zita fragend an.
Was nun? Sollte sie ihr Geheimnis verraten? Was war,

wenn die Gaukler ihr nicht glaubten und sie auslachten? Was sollte sie nur tun?
Anna hatte gemerkt, dass Zita nicht weiterwusste, und stand auf. »Sie kommt nicht aus dem Nirgendwo«, sagte sie mit fester, lauter Stimme. »Sie ist aus der Zukunft! Komm, Zita. Gib mir deine Spielmaschine und das Papier mit den Bildern.«
Zita holte das Computerspiel und den Prospekt vom Freizeitpark aus der Tasche und reichte Anna beides. Die Prinzessin schaltete das Spiel an. Es blinkte und dudelte und die Gaukler wichen erschrocken zurück. »Keine Furcht!«, rief Anna. »Kommt alle heran!« Sie war so energisch, dass sich tatsächlich alle wieder um sie scharten. Und nun erklärte Anna das Spiel und zeigte den Prospekt und erzählte, wie Zita durch die Zeit gereist und bei ihr gelandet war.
Bewundernd hörte Zita ihrer Freundin zu. Wie mutig Anna auf einmal war!
Endlich hatte Anna alles berichtet. Es gab eine kleine Stille. Alle dachten nach. Sophie war die Erste, die wieder sprach.
»Sind wir nicht durch die ganze Welt gereist?«, fragte sie die anderen. »Haben wir nicht die merkwürdigsten Ge-

schichten gehört und die eigenartigsten Dinge gesehen? Da wird uns doch wohl so ein netter Besuch aus der Zukunft nicht seltsam vorkommen!«

Grummel lachte. »Nee, wahrlich nicht!«, rief er. »Wir sind ja selber seltsam genug!«

Das Abendessen wurde wild und lustig. Zita erzählte aus ihrer Zeit und die Gaukler hatten einen Riesenspaß dabei, alles nachzuspielen. Wie kleine Kinder brummten sie als Autos herum, machten einen Raketenstart nach und hielten sich ihre Becher als Telefonhörer ans Ohr. Am meisten Spaß machte es ihnen, »Fernsehen« zu spielen. Sophie hatte ein Stückchen Holz in der Hand, das war die Fernbedienung. »Klick!«, brüllte sie vergnügt und die Gaukler spielten einen albernen Überfall. Und »Klick!«, eine ulkige Liebesgeschichte. Spät in der Nacht wollten alle unbedingt hören, was für Lieder in Zitas Zeit gesungen wurden. Zita brachte ihnen »Auf der Mauer, auf der Lauer sitzt 'ne kleine Wanze« bei und sie sangen es durch alle Strophen hindurch und lachten sich schief. Danach spuckte die Feuerspuckerin Flammen in die Dunkelheit und jonglierte mit brennenden Reifen.

Irgendwann konnten Zita und Anna die Augen nicht mehr offen halten. Sophie brachte sie zu ihrem Wagen und bereitete ihnen ein gemütliches Bett.

Während Zita einschlief, dachte sie an daheim. Sie sehnte sich heftig nach Hause, aber dann hörte sie die Gaukler ein schönes, wildes Lied singen. Mit viel »Heiho!« und »Wir fahren bis ans Ende der Welt«.
Heiho, dachte Zita müde. Jetzt erst einmal heiho und bis ans Ende der Welt. Und dann . . .

Am nächsten Morgen, nach dem Frühstück, löste Anna ihr Versprechen ein und wusch das Geschirr ab. Sie kniete an dem klaren Bach und tauchte die Teller ins Wasser. Niemand durfte ihr helfen. »Ich will das alleine machen«, sagte sie vergnügt. »Tante Eumelia lässt mich nie in die Küche gehen. Immer soll ich nur in meinem Zimmer sitzen und sticken.«
Als sie fertig war, stand die Sonne schon hoch am Himmel. Es war mächtig warm geworden. Zita sprang in den Bach. Das Wasser war wunderbar erfrischend. Anna stand am Ufer und schaute ihr zu. »Komm auch rein!«, rief Zita.
Die Prinzessin verschränkte die Arme vor der Brust. »Ich bade nicht im Freien«, sagte sie. »Das schickt sich nicht.«
Zita verdrehte die Augen. Sie mochte Anna wirklich gerne. Aber wenn sie sich so püppchenhaft benahm . . . nein, da konnte Zita rein gar nichts mit ihr anfangen.

Grummel kam und runzelte die Stirn. »Raus aus deinen Kleidern! Hinein ins Wasser mit dir!«, rief er Anna zu. »Oder bist du aus Zucker?«
Anna war verlegen. »Ich kann doch nicht einfach so in Unterwäsche . . .«, murmelte sie.
Grummel machte einen schnellen Schritt auf sie zu und hob sie hoch. Er war zwar klein, aber unglaublich stark. Anna schrie und zappelte.
»Du brauchst nicht in Unterwäsche zu baden«, sagte er. »Du kannst sehr gut auch im Kleid ins Wasser gehen. Willst du?«
»Neiiiiiin!«, schrie Anna. »Lass mich los!«
»Wie die Königstochter befiehlt!«, meinte Grummel und ließ Anna fallen. Mit einem ordentlichen Platscher tauchte sie unter. Oha!, dachte Zita. Das gibt ein Mordsgeschrei.
Aber es gab kein Mordsgeschrei. Anna tauchte wieder auf und lachte. »Noch mal!«, rief sie
Grummel nahm sie und warf sie durch die Luft. Zita wollte auch geworfen werden und Grummel hatte lange damit zu tun, die beiden Mädchen umherzuschleudern.
Aber irgendwann streikte er. Denn jetzt sollten Zita und Anna ringen lernen. Er zeigte den beiden, wie sie sich an Armen und Beinen packen und mit aller Kraft versuchen

sollten die andere zu Boden zu werfen. Anna und Zita verknäulten sich so ineinander, dass sie gemeinsam umstürzten.
»Das ist ein wildes Gerangel und kein ordentliches Geringe«, rief Grummel. »Hände auf die Schultern der Gegnerin, linkes Bein zurück, Kopf nach unten . . .«
Endlich ließ Grummel es genug sein.
»Ich fühle mich richtig stark«, sagte Anna glücklich.

Mittags nahm Grummel einen Korb und ging mit den Mädchen Salat sammeln. Auf einer Wiese blieb er stehen. Er riss ein paar Gänseblümchen ab und reichte Zita und Anna die Blüten. »Probiert mal«, sagte er.
Zaghaft steckten sich die Mädchen ein Blütenköpfchen in den Mund und kauten. Erst vorsichtig, dann voller Wonne. Die Gänseblümchen waren lecker und schmeckten ein bisschen nach Nuss. Zusammen pflückten sie Blüten, bis der Korb halb voll war. Danach probierten Zita und Anna zarte Löwenzahnblätter und pflückten auch die. Den randvollen Korb brachten sie zu Sophie. Zum Mittagessen gab es einen köstlichen Salat, eingerollt in duftende Pfannkuchen.
Nach dem Essen lagen die Mädchen faul am Bach und blin-

zelten in die Sonne. Grummel hatte jedoch etwas anders vor. »Auf zu den Artisten«, brummte er. »Da gibt es auch was zu lernen. Wir haben nur noch heute Zeit. Morgen schon erreichen wir Ottos Schloss.«
Die Artisten freuten sich über den Besuch. Zwei junge Frauen begannen sogleich den Mädchen beizubringen auf Händen zu stehen. Sie hielten sie an den Füßen fest und ließen sie nach und nach immer ein wenig länger los. Zita verlor jedes Mal das Gleichgewicht. Irgendwann gab sie es auf und staunte darüber, wie selbstverständlich Anna auf den Händen stand. Es war, als ob die Prinzessin nie etwas anderes

getan hätte. Es war nur lästig, dass ihr langer Rock ihr ständig über den Kopf fiel. »Nee«, sagte Zita. »Das ist doch total unpraktisch so. Zieh mal lieber meine Jeans an.«
Also tauschten die Mädchen ihre Kleider und Anna übte weiter. Die Artisten zeigten ihr, wie sie das Gleichgewicht halten und dabei eine Hand vor die andere setzen konnte. Es dauerte nicht lange und Anna marschierte sicher auf den Händen umher.
Währenddessen probten fünf andere eine Pyramide. Drei Männer standen unten und zwei Frauen balancierten auf ihren Schultern. Das wollte Zita zu gerne auch einmal probieren. Wo sie doch die weltbeste Bäume-Kletterin war!
»Darf ich mitmachen?«, fragte sie zaghaft.
Sofort streckten ihr die Männer ihre Hände entgegen. Geschickt wie ein Affe kletterte Zita an ihnen empor und weiter, bis sie sicher ganz oben auf den Schultern der beiden Frauen saß. Sie reichten ihr die Hände und vorsichtig stellte sich Zita auf. Etwas wackelig stand sie schließlich aufrecht ganz oben auf der Pyramide. Stolz winkte sie Anna zu. Hier oben stand sie, stark und froh, und da unten lief ihre Freundin auf Händen. Dies war das beste Abenteuer ihres Lebens!
An diesem Abend gingen Anna und Zita früh schlafen.

Noch nie zuvor hatte die Prinzessin sich so viel bewegt – und auch Zita war erschöpft. Bevor die beiden sich noch Gute Nacht sagen konnten, waren sie schon fest eingeschlafen.

Im dunklen Schloss

Als sie am nächsten Morgen aufwachten, rumpelten die Wagen schon wieder über einen löcherigen Weg. Die beiden zogen die Zeltplane beiseite und blickten hinaus.

»Guten Morgen!«, rief Sophie. Sie saß auf dem Kutschbock und zeigte nach vorne. »Gleich sind wir da!«

Nicht weit entfernt, sahen die Mädchen Königin Ottilies Schloss.

Dunkel und mächtig stand es da und seine hohen Türme stachen in den Himmel, wie Tante Eumelias spitze Finger.

Zita und Anna wurden still. Sie hatten ihr Ziel erreicht. Was würde sie dort erwarten?

Endlich standen die Wagen vor dem Schlosstor.

»Lasst uns hinein«, befahl Sophie den Wachen. »Königin Ottilie hat uns bestellt.«

Die mürrischen Männer wollten ihr nicht glauben. Einer von ihnen verschwand. Erst als er zurückkam und nickte, wurde das Tor geöffnet. Langsam rollten die Wagen in den Hof. Ein großer Schatten fiel mit einem Mal auf sie. Zita und Anna schauderten. Die Mauern ringsumher waren schwarz und so hoch, dass kein einziger Sonnenstrahl den Hof erreichen konnte. Es war still und ungemütlich und kalt. Ernst und schweigsam schritten ein paar Edelleute umher. Ihre Kleider waren prächtig – aber es war keine einzige fröhliche Farbe an ihnen. Die Mägde und Knechte huschten grau und ärmlich mit gesenkten Köpfen an ihnen vorbei. Jedermann hier schien einen großen Kummer zu tragen.

»Da«, wisperte Anna und zeigte ans andere Ende des Hofes. »Das ist Otto.«

Der Junge, der heranschlenderte, schien in Gold getaucht zu sein. Seine Hose, seine Jacke, sein langer Umhang – alles an ihm schimmerte. Er blickte jedoch so griesgrämig, dass all das Gold seine üble Laune nicht überglänzen konnte.

Zita drückte Annas Hand. »Jetzt!«, sagte sie energisch. »Die Begrüßung! Genau so, wie ich's dir gezeigt habe, O.K.?«

»OK«, antwortete Anna tapfer, hüpfte vom Wagen und lief auf den Prinzen zu. Entgeistert starrte Otto sie an. »A-A-Anna?«, fragte er. »Was machst du hier? Wie siehst du aus? Was hast du für merkwürdige Sachen an?«

»Hosen hab ich an«, sagte Anna und stellte sich breitbeinig vor den Prinzen. *»Hu-ha! Hagana-hugana-ha!«,* rief sie, dreh-

te sich einmal schnell im Kreis und zerschnitt mit einigen zackigen Schlägen die Luft – genau vor Ottos Nase.
Sofort verzog der Prinz weinerlich das Gesicht. »Auuuuu!«, wimmerte er. »Was soll denn das?«
Anna wirbelte um ihn herum. »Ich grüße dich!«, keuchte sie. *»Hagana-hugana!«*
Otto sprang entsetzt zurück und rieb sich den Arm. »Das sag ich meiner Mamaaaaa!«, jammerte er und stolperte fort.
Zita kletterte vom Wagen und klopfte der Prinzessin auf die Schulter. »Sehr gut«, lobte sie.
Anna schaute sie unglücklich an. »Ich habe ihn gar nicht berührt«, sagte sie. »Oh, das wird aber Ärger geben.«
»Keine Angst«, sagte Zita. »Ich bleibe bei dir. Wir schaffen das!«
Während die Gaukler ihre Wagen aufstellten, blickten die beiden Mädchen sich um.
»Und hier soll ich leben?«, flüsterte Anna. »In dieser Düsternis? Ich werde vor Kummer sterben!«
»Niemals«, sagte Zita fest.
In diesem Moment kam eine Frau in einem flimmernden Kleid auf sie zugelaufen. Prinz Otto keuchte mühsam hinter ihr her.

»Königin Ottilie!«, ächzte Anna.
Um die Königin war ein strahlender Glanz. Ihr Kleid war mit abertausenden von funkelnden kleinen Spiegeln und Diamanten besetzt und ihre mächtige Krone war überladen mit bunten, glitzernden Edelsteinen. Ihr Gesicht war schneeweiß geschminkt und ihre Lippen und Wangen leuchteten blutrot.
Aber stärker als all die Pracht war Ottilies Missmut. Er überstrahlte alles.
»Was ist hier geschehen?«, rief die Königin anklagend.
»Werte Königin Ottilie«, antwortete Anna höflich. »Ich war so hocherfreut, meinen zukünftigen Gemahl wieder zu sehen. Da habe ich vor lauter Glück einen Freudentanz aufgeführt.«
»Stimmt ja gar nicht«, jaulte Otto. »Geboxt hat sie mich. Auf die Nase.«
Die Königin blickte scharf zwischen Anna und Otto hin und her. Zerbrechlich und zart, stand Anna vor ihr. Königin Ottilie konnte einfach nicht glauben, dass ein so schwaches Wesen boxen konnte.
»Du sollst nicht schwindeln!«, fauchte sie ihren Sohn an.
Otto wollte ihr widersprechen – die Königin sah ihn jedoch so grimmig an, dass er lieber schwieg.

»Wache!«, rief Ottilie. »Geleite die Prinzessin und ihre Zofe auf die Gästezimmer!«
Anna schüttelte den Kopf. »Danke, nein«, sagte sie. »Wir bleiben bei den Gauklern. Wir möchten Euch keine unnötige Mühe machen.«
Nun sah Königin Ottilie noch wütender drein.
»Ganz wie Ihr gwünscht!«, erwiderte sie eingeschnappt. »Wenn Euch unsere Gemächer nicht gut genug sind . . .«
Sie drehte sich um und rauschte davon. Otto wollte ihr folgen, aber Königin Ottilie wedelte unwillig mit der Hand. »Du bleibst bei deiner Braut!«, befahl sie. »Und ich möchte keine Klagen mehr hören!«
Kaum war die Königin fort, streckte Otto der Prinzessin die Zunge heraus. »Blöde Ziege!«, rief er.
»Ach, so benimmt man sich an eurem Hof?«, sagte Anna liebreizend. »Da werde ich versuchen es dir gleichzutun, du Pupswurm.«
Otto sah Anna mit offenem Mund an. »Was?«, fragte er erbost. »Was hast du zu mir gesagt?«
»Pupswurm!«, sagte Anna freundlich. »Ich denke, das gehört sich so bei euch.«
Der Prinz bekam einen knallroten Kopf. »Aufhören!«, schrie er. »Auf der Stelle hörst du auf damit, du . . . du . . . .«

Anna lächelte ihm zu. »Dooftrine?«, fragte sie nett. »Meinst du das? Oder wolltest du Blödwurst sagen?«
Jetzt geriet Prinz Otto außer sich. Er rannte auf Anna zu und wollte sie schlagen. Die Prinzessin hüpfte elegant zur Seite – und Otto stolperte ins Leere. Kurz bevor er hinfallen konnte, fing Grummel ihn auf. »Du wolltest der Prinzessin sicherlich nur zeigen, wie stark du bist, ja?«, fragte er. »Das ist gut! Sie liebt starke Jungs!«
»Oh ja«, rief Anna. »Das tue ich! Beweise mir, wie stark du bist, mein Held. Lass uns ringen!«
»Das ist ja lächerlich«, meinte Otto. »Ich werde doch nicht mit einem Mädchen . . . «
Bevor er weitersprechen konnte, hatte Anna ihn schon an den Schultern gepackt. Otto schlang seine Arme um die Prinzessin und versuchte sie zu Boden zu zwingen. Er war wirklich unfair dabei. Er trat Anna ans Scheinbein, riss an ihren Haaren und biss sie in die Hand. Anna hielt es tapfer aus, kämpfte weiter und ließ sich nicht umwerfen.
Zita stand neben Grummel und drückte Anna die Daumen. Grummel murmelte aufgeregt vor sich hin. »Stell das Bein vor – ja! Genau so! Und nun zieh ihn nach vorne und jetzt . . .«
Anna konnte Grummel nicht hören, aber sie tat genau

das, was er ihr beigebracht hatte. Und – zack! – landete der Prinz auf dem Boden. »Sie hat geschummelt!«, keuchte Otto entrüstet. »Sie hat irgendeinen fiesen Trick benutzt!«

Grummel lächelte ihn an. »Das geht allerdings nicht«, meinte er freundlich. »Da wird der Kampf natürlich wiederholt.«

Otto rappelte sich auf und verschränkte die Arme vor der Brust. »Nein«, sagte er beleidigt. »Hier wird nur gemacht, was ich will!«

Die Prinzessin klopfte sich den Staub aus den Kleidern und Zita nahm den Prinzen beiseite.

»Sie kann nicht anders«, raunte sie ihm zu. »Sie kämpft so gerne. Zu Hause ist es ihr verboten. Sie ist einfach nur unglaublich glücklich, dass sie es jetzt mit Euch tun kann.«

Otto verkniff sein Gesicht. »Sie soll nicht so sein!«, quengelte er. »Sie soll süß sein! So wie damals, als wir sie besucht haben.«

Zita sah ihn sorgenvoll an. »Tja«, seufzte sie. »Zu Hause war sie wohl süß – aber nicht gerne, das kann ich dir sagen.«

Anna hatte sich sauber geklopft. »Wie wäre es mit einem kleinen, friedlichen Spaziergang?«, fragte sie munter. »Ihr habt bestimmt einen schönen Park, oder?«

Otto zeigte muffelig zu einem Tor. »Da vorne«, sagte er. »Ich hasse Parks. Und Spaziergänge erst recht.«
Aber Zita und Anna hatten sich schon links und rechts bei ihm eingehakt und ließen ihn nicht mehr los.
»Ich will nicht spazieren gehen«, moserte Otto. *»Ich* bin der Bestimmer! Ihr müsst machen, was *ich* will!«
Die Mädchen beachteten ihn nicht und schleppten ihn energisch voran, bis sie den Schlosspark erreichten. Aber wie trist war es hier! Es gab keine bunten Blumen oder sprudelnden Springbrunnen. Schnurgerade schwarze Wege führten durch den Park. Sie waren gesäumt von strengen düsteren Hecken. Der Rasen war kurz geschoren und sah grau und traurig aus. Er war eingesperrt von niedrigen Zäunen mit garstigen, spitzen Zacken.
»Schau nur!«, rief Anna entzückt und lief voran. »Gänseblümchen! Ach, pflückst du mir ein paar?«
»Nein!«, sagte Otto biestig. »Es ist verboten, den Rasen zu betreten! Streng verboten!«
Zita hüpfte über den Zaun. »Kommt!«, winkte sie die beiden anderen herbei.
Anna trat neben sie und begann eifrig die weißen Blümchen zu pflücken.
»Ver-bo-ten!«, japste Otto. »Kommt so-fort zurück!«

Nachdem Anna einen kleinen Strauß zusammenhatte, knabberte sie genüsslich an den Blütenköpfen.
»Du hast ja den Verstand verloren!«, brüllte Otto. »Du bist ja völlig verrückt!«
Zita ging zurück zum Prinzen und legte ihm den Arm um die Schulter.
»Du hast ganz Recht«, murmelte sie ihm zu. »Sie ist wahrhaftig ein bisschen verrückt. Was meinst du, was sie noch für sonderbare Sachen macht.«
Otto starrte sie an. »Was für Sachen?«, flüsterte er panisch. »Was tut sie?«
»Sie geht auf Händen«, sagte Zita verschwörerisch. »Sie sagt, das ist die einzig richtige Art, zu gehen. Weil die Welt dann so schön auf dem Kopf steht. Sieh nur!«
Tatsächlich stellte Anna sich grade eben auf die Hände und lief auf den Prinzen zu.
»Sie ist wahnsinnig«, kiekste Otto.
»Ja«, seufzte Zita betrübt. »Da hast du wohl Recht. Weißt du, ihr Vater ist ja so froh, dass du seine Tochter heiraten willst. Endlich wird jemand auf sie aufpassen.«
»Ich will aber nicht auf sie aufpassen!«, schrie Otto. »Ich sag das alles meiner Mama! Und die schickt euch nach Hause! Und ihr dürft nie, nie wieder kommen! Nie, nie, nie!«

Dann rannte er davon.
Anna landete auf den Füßen und sah ihm bedrückt hinterher.
»Der Arme«, sagte sie mitleidig. »Ich war so gemein zu ihm.«
Zita schüttelte energisch den Kopf. »Du warst nicht gemein«, widersprach sie. »Du warst ulkig. Nein, mach dir keine Sorgen. Mit so einem Miesepeter sollst du doch nicht dein Leben verbringen!«
Anna seufzte. »Und nun?«, fragte sie. »Was tun wir jetzt?«
»Jetzt gehen wir zum Schloss und lassen uns rauswerfen«, sagte Zita.

Auf dem Schlosshof stürmte ihnen Königin Ottilie entgegen. Annas Schritte wurden langsamer. »Ich kann nicht mehr«, flüsterte sie. »Was soll ich bloß tun?«
»Bleib einfach hinter mir«, sagte Zita beruhigend. Sie war nicht ängstlich, oh nein. Sie war guter Dinge und stolz. Auf sich, weil sie so einen guten Plan gehabt hatte. Und auf Anna, weil sie alles genau richtig gemacht hatte. Fröhlich blickte Zita zu den Wagen der Gaukler hinüber. Da standen Grummel und Sophie und all die anderen und lachten und streckten die Daumen hoch. Zita winkte ihnen zu. Mit

Freunden wie diesen konnte ihnen nichts Schlimmes geschehen.
Als die Königin vor ihnen stand, blickte Zita ihr kampfbereit ins Gesicht. Sollte sie doch schimpfen, was sie wollte.
Oh ja, und Ottilie wollte schimpfen. »Was hast du meinem Otto angetan?«, schrie sie Anna an. »Wie konntest du es wagen, ihn zu schlagen und zu beißen?«
Zita holte Luft. »Aber sie hat ihn gar nicht . . . «, rief sie.
»Schweig!«, donnerte die Königin. »Lüge! Alles Lüge! Zu zweit seid ihr auf ihn losgegangen und habt ihn getreten, als er wehrlos am Boden lag!«
»Haben wir nicht!«, brüllte Zita.
Die Königin schien vor Wut platzen zu wollen. »Kein Wort mehr!«, kreischte sie. »Ich will euch niemals wieder sehen. Verschwindet! Auf! Der! Stelle!«
»Zu Befehl!«, rief Sophie und winkte die Mädchen zu sich. Sie hob die beiden auf den Kutschbock und kletterte hinterher. Auch die anderen Gaukler waren schnell auf ihre Wagen gestiegen und hielten schon die Zügel in den Händen.
»Ihr bleibt hier!«, schrie Königin Ottilie. »Ihr werdet mich unterhalten! Ich befehle es Euch!«
Sophie trieb die Pferde an. »Adieu!«, rief sie. »Auf Nimmerwiedersehen!«

Nach Hause

Sie jagten aus dem Hof hinaus und ließen das finstere Schloss schnell hinter sich.

»Hüaaaa! Hüüühaaaa!«, brüllte Sophie und die Pferde galoppierten wie der Wind. Anna lächelte Zita müde an.

»Ich bin ja so froh«, sagte sie. Dann lehnte sie ihren Kopf an Sophies Schulter und schloss erschöpft die Augen. Zita sah in den Himmel. Sie dachte an alles, was sie in den letzten Tagen erlebt hatte, und an Mama und Papa zu Hause und an Michel – ob er das Bild wohl fertig gemalt hatte? Allmählich wurden die Wagen etwas langsamer. Hin und her und hin und her rüttelte der Wagen und schaukelte Zita in den Schlaf.

Sie fuhren den ganzen Tag und abends feierten sie Annas Sieg. Es gab Musik und Gesang und Tanz und Spiele. Anna und Zita blieben lange wach. Erst tief in der Nacht fielen sie auf ihr Lager.

Am kommenden Morgen war in der Ferne Annas Schloss zu sehen. Je näher es kam, umso aufgeregter wurde die Prinzessin. »Ich gehe sofort zu meinem Vater und erzähle ihm alles«, sagte sie. »Und jetzt wird mich niemand mehr davon abhalten!«
Als sie das Schloss erreichten und über die Zugbrücke in den Hof fuhren, sprang Anna vom Wagen. »Papaaaaa!«, rief sie überglücklich.
Mitten auf dem Hof stand der König. Er sah blass aus, aber er lachte und breitete seine Arme aus. Die Prinzessin lief zu ihm und dann standen die beiden da und drückten sich und mochten sich gar nicht mehr loslassen.
»Bist du wieder gesund?«, fragte Anna besorgt.
»Ganz gesund«, sagte der König und wirbelte seine Tochter herum. »Es tut mir so Leid, dass ich mich nicht um dich kümmern konnte. Ich war so schwach und dieser Drache Eumelia hat niemanden zu mir gelassen. Ich habe bis gestern nichts geahnt von dieser Heiratsgeschichte! Aber jetzt habe ich Eumelia aus dem Schloss geworfen und werde sofort zu Königin Ottilie fahren und alles richten.«
Anna lachte. »Das brauchst du nicht!«, sagte sie fröhlich. »Ich war schon dort! Mit Zita. Sie hat mir geholfen und . . .« Suchend blickte Anna sich um. Wo war ihre Freundin?

Zita rannte. Über den Hof, durch den Park, zu Michels Atelier. Als Anna ihrem Vater in die Arme geflogen war, hatte sie es nicht mehr ausgehalten. Ihre Sehnsucht nach ihren Eltern war mit einem Mal riesengroß geworden. Keine einzige Sekunde wollte sie mehr warten. Keuchend erreichte sie das Glashaus und stürmte hinein. Michel begrüßte sie freudestrahlend.

»Wo ist Anna?«, fragte er. »Wo seid ihr gewesen? Ihr wart zwei Tage verschwunden.«

Zita schüttelte den Kopf. »Ich erzähl es dir später«, sagte sie atemlos. »Zeig mir erst das Bild, bitte!«

Michel führte Zita zu seiner Staffelei. »Na?«, fragte er stolz. »Was sagst du?«

Stumm sah Zita auf das Bild. Michel blickte sie gespannt an. »Sag doch schon!«, drängelte er. »Ist es gelungen?«

Zita konnte ihm nicht antworten. Das Gemälde war nicht gelungen – nein, es war einfach unglaublich wunderbar. Die Farben leuchteten und alles war so genau gemalt, dass Zita meinte, gleich würden ihre Eltern durch die Wohnzimmertür treten und ihr zuwinken.

»Wahnsinn«, flüsterte sie und streckte ihre Hand aus. Noch bevor sie das kleine Kunstwerk berührte, spürte sie ein Kribbeln in ihren Fingern. Mit pochendem Herzen ging Zita dicht an die Staffelei heran. Sie beugte ihr Gesicht über das Bild, um ihr Zuhause ganz genau zu betrachten. In diesem Moment wurde die Tür zum Atelier aufgerissen und Anna stürmte herein.

»Noch nicht«, rief die Prinzessin. »Warte!«

Überrascht schrak Zita zusammen – und eine klitzekleine Sekunde lang berührte ihre Nase die Leinwand. Sie stupste genau auf das hellblaue Sofa. Sofort begann die Welt zu trudeln. Zita wurde schwindlig und immer schwindliger. Angestrengt versuchte sie sich umzudrehen und zu Anna zu gehen. Aber alles um sie herum raste wild im Kreis. Schnell und immer schneller. Der Boden unter ihren Füßen verschwand. Aus der Ferne hörte sie Anna rufen: »Komm wiiiiieder!«

Zita trudelte durchs Nichts – und landete mit Schwung auf etwas Weichem. Einen kleinen Augenblick lang blieb sie verwirrt liegen. Als sie die Augen öffnete, sah sie himmelblau. Sie war direkt auf dem Sofa im Wohnzimmer ihrer Eltern gelandet. Zita rappelte sich auf, stolperte auf den Flur und wurde von den Armen ihrer Mutter aufgefangen. »Hallo, Prinzessin!«, rief Mama und umarmte sie fest. »Wo hast du denn gesteckt? Hast du geschlafen?«

Zitas Gedanken rasten umher: Prinzessin? Geschlafen? Was war geschehen? Hatte sie geträumt?
Mama hielt sie von sich und betrachtete sie entzückt. »Wie hübsch du aussiehst!«, rief sie begeistert. »Das hast du auf dem Dachboden gefunden, stimmt's? Das ist ja ein echtes Märchenkleid!«
Verwundert blickte Zita an sich herab. Sie trug ein zauberhaft schönes Prinzessinnenkleid, mit Rüschen und Schleifen. Auf einmal ordneten sich ihre Gedanken. Das hier war Annas Kleid. Zita erinnerte sich, wie sie der Prinzessin dafür ihre Jeans und den Kapuzenpulli gegeben hatte. Bei den Artisten war es gewesen. Nein, das war kein Traum gewesen . . . oder?
Zita gab Mama einen schnellen Kuss und lief los. »Ich kann jetzt nicht«, rief sie. »Ich erzähl's dir nachher . . . vielleicht!«
Dann stürmte sie die Treppe hoch zum Dachboden.
Das Bild! Sie musste unbedingt wissen, ob das Bild noch da war.

Zita stieß die Tür zum Dachboden auf und eilte zum Puppenhaus. Ja, da stand es und alles sah genau so aus, wie sie es verlassen hatte. Aber wo war das kleine Gemälde? Hier hatte sie doch gestanden und es in der Hand gehalten, bevor sie bei Anna gelandet war. Zita suchte den Fußboden ab und schaute sorgfältig in jeden Winkel. Sie legte sich flach auf den Boden und tastete mit der Hand unter den alten Sesseln und Schränken umher. Aber sie fand nichts als Staub.

Niedergeschlagen stand Zita wieder auf. Auf einmal wusste sie überhaupt nichts mehr. Gab es das Bild überhaupt? Oder hatte sie das alles nur geträumt und das Kleid vielleicht wirklich aus einer der Truhen geholt? Zita war elend zu Mute. Traurig ließ sie sich in einen Sessel fallen.

»Knacks!«, machte es und Zita hüpfte hoch.

Entsetzt blickte sie auf den Sitz. Da lag das Gemälde! Eine Seite des goldenen Rahmens war zerbrochen und mitten in der Leinwand klaffte ein hässlicher Riss. Verzweifelt nahm Zita das Kunstwerk in die Hand. Sanft begann es, in ihren Fingern zu kribbeln.

Der Riss hatte viel zerstört. Aber das Himmelbett war noch zu erkennen und Annas Sessel in der Ecke. Er war leer. Zita rieb sich die Augen. Wo war die Prinzessin geblieben? Sie hatte doch dort gesessen! Oder war dies wohlmöglich ein anderes Bild? Seufzend sank sie wieder in den Sessel und legte sich das Gemälde in den Schoß. Behutsam strich sie über die Leinwand und versuchte den

Riss wieder zusammenzufügen. Nachdem sie den letzten Leinwandfetzen geglättet hatte, hielt sie verblüfft den Atem an.
Es war das richtige Bild. Es hatte sich nur verändert! Anna stand jetzt dort, wo der Riss gewesen war. Sie trug Zitas Jeans und ihren Kapuzenpulli und ihre Turnschuhe und hob eine kleine weiße Leinwand hoch, auf der zwei winzige schwarze Flecken zu sehen waren. Aufgeregt betrachtete Zita die Prinzessin und versuchte zu erkennen, was die beiden Flecken zu bedeuten hatten. Aber sosehr sie sich auch mühte, es gelang ihr nicht.
Zita sprang auf und rannte in ihr Zimmer. Hastig durchwühlte sie Schränke, Regale und Schubladen. Ganz unten in einem Kramkasten fand sie, wonach sie suchte: ihre Lupe. Sie hastete zurück auf den Dachboden, nahm das Bild und beugte sich darüber. Immer näher führte sie die Lupe an die Leinwand heran, bis sie es endlich deutlich sah: Die schwarzen Flecken waren Worte. Es war mühsam, sie zu lesen – so klitzeklein waren sie. Angestrengt buchstabierte Zita: »K–o–m–m–w–i–e–d–er!«
Zita legte die Lupe beiseite. Ihr Herz raste.
Komm wieder! Nun war sie sicher: Sie war tatsächlich bei Anna gewesen. Und jetzt? Sie war so froh wieder zu Hause

KOMM
WIEDER
!

zu sein – aber da stand ihre Freundin und rief sie. Sie hatten sich noch nicht einmal ordentlich voneinander verabschieden können.

Ich gehe zu ihr, dachte Zita. Nur für einen kleinen Moment. Nur, um Tschüss zu sagen.

Entschlossen beugte sie sich vor. Gerade, als sie mit ihrer Nase auf das Bild stupsen wollte, hörte sie Mama von unten rufen: »Ziiiita! Besuch für dich!«

Zita hob den Kopf. Besuch? Für sie? Wer sollte das sein?

»Komme gleich!«, rief sie. Eilig hängte sie das Gemälde an seinen Platz im Puppenhaus und stellte den Schrank wieder davor.

Dann hopste sie die Treppe hinab.

Vor der offenen Haustür stand Luisa, ein Mädchen aus Zitas Klasse. Verlegen lächelte sie Zita an. »Hast du Lust, mit ins Freibad zu gehen?«, fragte sie schüchtern.

»Äh . . . ich weiß nicht«, sagte Zita verwundert.

»Ich wohne da gegenüber«, erklärte Luisa und zeigte auf die andere Straßenseite. »Ich dachte, wir können zusammen mit dem Bus fahren. Ich find das doof, alleine zu fahren.«

Zita nickte. »Klar«, sagte sie. »Find ich auch. Ich komm mit.«

Während sie ihre Schwimmsachen holte, dachte sie kurz noch einmal an das Bild auf dem Dachboden.
Morgen, dachte sie. Morgen ist auch noch ein Tag.